AF210009

Heikki Nousiainen

Heikki Nousiainen

Asikaisen tuho ja nousu

Kustantaja: BoD – Books on Demand, Helsinki, Suomi

Valmistaja: BoD – Books on Demand, Norderstedt, Saksa

ISBN: 978-952-80-0934-4

9 789528 009344

7

Alpo Asikainen käveli kevätauringossa kylpevää Simonkatua pitkin ja oli aikeissa mennä, Narinkkatorille, ulkoilmakuppilaan oluelle, kun hän muuttikin mielensä. Hän ei jaksaisi katsella kaikkia hymyileviä ja auringosta nauttivia, innokkaita ja täynnä virtaa olevia ihmisiä. Tänään oli hienon ilman lisäksi perjantai, joten kaikki juttelisivat ja fiilikset olisivat todella hyvät. Asikainen ei ollut juttutuulella. Hän tuli suoraan tapaamisesta asianajajansa kanssa, jolla ei ollut hyviä uutisia. Asikainen oli kuukautta aikaisemmin menettänyt, tai häneltä oli viety hänen koko elinikäiset säästöt ja lakimiehen mukaan mitään ei ollut tehtävissä. Menettelytapa oli kuulemma moraaliton mutta olisi mahdoton voittaa juttua monikansallisen yhtiön kaikkia taitavia juristeja vastaan. Sopimus minkä Asikainen oli allekirjoittanut itse asiassa takasi, että kaikki mahdolliset syytteet yhtiötä vastaan olisivat mahdottomia ja Asikaiselle jäisi kaikki vastuu ja lisäksi syyte salassapitolupauksen rikkomisesta, jos hän alkaisi käräjöidä yritystä vastaan.

Hän katseli hetken aikaa teräsmiestä joka tasapainoili köydellä, tai mikä se nyt olikin, liinantapainen. Hän muisti lukeneensa jutun ylipainoisesta

Lauri Kentästä. Olihan se koominen käännös Clark Kent nimestä. Hän oli usein sitä naureskellut hauskassa seurassa, nyt hän sai vain pienen virneen aikaan. Hän päätti mennä Eerikinkadulle tuttuun paikkaan, missä ei ainakaan vielä iltapäivällä ollut meteliä vaan ihmiset yleensä juttelivat vaimeasti, lukivat, tai pelasivat lautapelejä. Kävellessään hän alkoi miettiä kuinka koko masentava asia sai alkunsa vuosi sitten. Koko maan kattava, hänenkin melkein päivittäin käyttämä L-ryhmä ilmoitti lehdessä hakevansa itsenäisiä kauppiaita muuttamaan koko organisaatio franchise tyyppiseksi yritykseksi, jossa itsenäiset kauppiaat hoitaisivat omat yksikkönsä, tosin yhteistyössä monikansallisen yrityksen kanssa. Hän kiinnostui ja heti alusta saakka hän sai tosi asiallisen ja rehdin kuvan ihmisistä joiden kanssa hän oli tekemisissä. Asikaisella oli yritystaustaa yli kahdenkymmenen vuoden ajalta, tosin ei juuri kauppiaana mutta samantyyppisestä toiminnasta aivan viime vuosina. Hän oli vetänyt omaa leirintäaluetta jossa oli kahvila ja kioski, joten hän uskoi osaavansa ne asiat joita tarvittiin. Hän tapasi yrityksen edustajan, joka heti ensimmäisellä tapaamisella kertoi rehellisesti, että kannattavuus perustuisi kauppiaan omaan työpanokseen, suklaapatukoiden myyjänä. Asikainen vakuuttui tästä vain enemmän. Näin rehellistä tapaa kertoa yrityksen toimintatapaa hän ei ollut aikaisemmin kokenut.Yleensä asiat esitettiin aina valoisalta puolelta ja paskaduunitkin saatiin kuulostamaan mielenkiintoisilta ja ihmistä kehittävinä, haasteellisina työtehtävinä.Hän muisteli nyt hieman häpeissään, kuinka hän vakuuttui lisää rehellisyyden aitoudesta, kuullessaan että yritys oli Norjalaisten omistama. Hän oli skeptinen amerikkalaisia sun muita globaaleja firmoja kohtaan mutta ihan pohjoismainen yritys. Hän oli aina pitänyt norjalaisista ja niillähän oli öljyä ja rahaa, joten ehkä heillä oli varaa pelata rehellisesti.

Yksi tapaaminen oli jäänyt erikoisen selvästi hänen mieleensä. Se oli Marskissa. Tapaamiset olivat aina jos ei ylellisissä niin ainakin tasokkaissa ja viihtyisissä kahviloissa, ravintoloissa ja hotelleissa. Asikaiselle tämä oli tuttua kauraa mutta teki varmasti vaikutuksen työttömiin, ulkomaalaistaustaisiin, kotirouviin, osa ei ehkä ollut koskaan ollut tällaisissä ympäristöissä. Se loi varmasti kuvan onnistumisesta ja siitä että jo nyt oltiin tasoa korkeammalla ja siitä sitten vain eteenpäin.

L-yhtiön Helsingin keskustan vastaava oli pieni, noin 35 vuotias kivannäköinen nainen. Hän oli myös tiukan ja sisukkaan näköinen, tällöin hän ei tiennyt kuinka kova nainentodella oli. Leena haki kahvit, mistä myös plussaa firmalle, ja aloitti esittelyn. Asikainen katseli Mannerheimin tiellä loskassa kiiruhtavia ihmisiä ja hänellä oli lämmin ja turvallinen olo, mitä kuppi kuumaa kahvia vielä nostatti. Juuri silloin Leena kysyi voisiko hän todella olla itse tiskin takana tekemässä pitkää päivää. Leena vielä painotti hänen aikaisempaa esimieskokemusta ja kyseenalaisti hänen halukkuutensa tehdä puotipuksun töitä. Asikainen muistaa ajatelleensa ettei hän koskaan ollut töitä pelännyt ja leirintäalueella hän oli tehnyt töitä 24/7. Hämärästi hän muistaa ajatelleensa myös että on aina onnistunut rekrytoimaan hyviä työntekijöitä ja että ehkä se olisi ratkaisu jos omat voimat loppuisivat. Hän ei enää halunnut rehkiä montaa vuotta ja vaarantaa terveyttään. Hän ei halunnut enää omistautua vain töille, eihän se ollut elämää pitkässä juoksussa.

Asikainen heräsi ajatuksistaan, hän oli jo tutun kuppilan edessä. Hän harppoi muutaman rapun ovelle ja astuessaan sisään hän tyytyväisenä pani merkille että tunnelma oli rauhoittava. Pariskunnat juttelivat keskenään matalalla äänellä ja loput istuivat lukemassa tai pelasivat lautapelejä. Hän asteli tiskille.

- Mitäs saisi olla?baarimikko kysyi hymyillen.

-Iso Karhun nelonen, kiitos

Hän valitsi pöydän missä oli Hesari ja istuutui lukemaan. Hän siemaili oluttaan ja onnistui keskittymään lukemiseensa niin että ikävät ajatukset unohtuivat hetkeksi.

Asikainen luki ahmimalla hitaan journalismin artikkelia Airbnb:stä. Siinä kuvattiin miten hippivaikutteinen idea, missä samansuuntaiset ihmiset voisivat matkustaa toistensa koteihin ja kokea uuden kaupungin aboriginaalin silmin. Samalla tavallinen tallaaja voisi tienata hieman ylimääräistä rahaa, suuryritysten rinnalla. Tällä hetkellä algoritmi tekee suurkaupungit mahdottomiksi asua omille asukkailleen ja varsinkin nuorille. Ensimmäisen asunnon vuokraaminen tai asunnon ostaminen ei tule kuuloonkaan ja monet häädetään tarkoituksella pois korottamalla kohtuuttomasti vuokria.Sen jälkeen tyhjät asunnot muutetaan Airbnbeiksi ja usein otetaan vapaaehtoistyöntekijä ulkomailta puikkoihin, joten palkkakustannuksia ei olen mutta luonnollisesti se vue paikallisilta nuorilta asunnon lisöksi mahdollisen työpaikan. Hän oli täysin uppoutunut mielenkiintoiseen artikkeliin kun joku koputti häntä olkapäähän.

- -Oletko jo lukenut urheilusivut, saisinko ottaa ne? Mies kysyi.

- Tottakai, ne eivät kiinnosta minua, Asikainen vastasi.

Et ole sitten urheilumiehiä, mies kysyi nauraen.

-Kyllä vaan mutta minulla on kesken mielenkiintoinen artikkeli, palaillaan kymmenen minsan jälkeen.

- OK, miten vaan. Saat tottakai lukea rauhassa.

Asikainen luki artikkelin loppuun. Se oli todella hyvin kirjoitettu ja mielenkiintoinen. Hän haki uuden oluen ja katseli veressä istuvaa miestä. He olivat varmaan samanikäisiä. Miehellä oli kalliin näköinen puku mutta hienoinen punoitus kasvoissa oli ehkä merkki siitä, että Olvi maistui.

- Urheilin ennen paljon itse mutta penkkiurheilu ei oikein nappaa, tosin Raskaan sarjan nyrkkeilyn MM kilpailut katson ja jalkapallon vastaavat, Asikainen selitti miehelle.

- No mitä olit mieltä näistä viimeisistä, siis Neuvostoliiton kisoista, sorry, Venäjäksi sitä nyt sanotaan.

13

- Minusta Belgia pelasi parhaiten ja oli ehdottomasti paras joukkue mutta pallo on tunnetusti pyöreä, Asikainen selitti.

- No jumalauta, olen täsmälleen samaa mieltä, en ymmärrä mitä tapahtui. Joo, mutta se on kuten sanoit urheilua ja mitä vain voi sattua, pääsihän Ruotsikin aivan liian pitkälle. Tosin pelasivat hieman mielenkiintoisemmin kuin useasti aikaisemmin. Islanti on juuri niitä maita joiden ei pitäisi pystyä olemaan mukana kisoissa ollenkaan mutta ovat.

- Sitten kun Suomi oääsee loppupeleihin minusta tulee tosi penkkiurheilija ja lähden heti katsomaan Suomen matseja, Asikainen sanoi.

- Mikäli, mikäli, eiköhän sinne lähdetä jos se tapahtuu. Se on niinkuin se vitsi Pendoliinosta minkä Tamperelaiset Nysse perinteen mukaisesti ristivät josse tulee junaksi.

Miehet jatkoivat juttelua ja olutkin alkoi mennä kurkuista alas nopeampaan tahtiin ja taisi muutama salmiakkikossukin tulla kyytipojaksi. Lopulta Asikaisen juttukaveri sanoi

-niin minä olen Matti, Matti Rytkönen, vähän eri järjestyksessä kuin Bond esittelee itsensä.

- Minä olen Alpo Asikainen, mukava tutustua,

14

- Niin on, minulla on 24 vuotta vanhaa viskiä kotona, kelpaisiko? Asu tässä Eerikinkadulla Orionia vastapäätä jos tiedät?

- Tiedän, käyn siellä usein, jo rakennuskin on hieno, joo kelpaa, ei joka päivä saa niin hienoja tippoja.

Miehet lähtivät matkaan jo aika hyvässä nousuhumalassa mutta hyvällä mielellä. Takana harvinaisen mukava ilta. Muutoin pubi-illat olivat aina samanlaisia, ehkä illan huipentuma oli kebab, tosin joskus humalan aste esti senkin huvin. He poikkesivat vielä Fredrikinkadun ja Eerikinkadun kulmassa olevassa K- kaupassa. He ostivat pikkusikareja ja pientä naposteltavaa.

Rytkönen asui mukavasti tyylikkäässä vanhassa kivikerrostalossa. Iso kolmen huoneen asunto, korkeutta oli huoneissa normaalia enemmän ja se loi avaruuden vaikutelman. Asunto oli tyylikkäästi sisustettu, sekoitus vanhaa ja uutta.

- Vaimoni sisusti asunnon, ei minusta siihen olisi. Otatko jäitä viskiin?

- Ei helvetissä, Asikainen kauhistui.

- Tosin on yksi viski jonka maku muuttuu mielenkiintoisella tavalla kun siihen sekoittaa vettä mutta ei nyt ruveta hienostelemaan, Rytkönen totesi.

- Kippis.

Miehet nauttivat viskiä ja juttelivat ja sitten kävi niin kuin yleensä käy promillejen lisääntyessä, että myös sentimentaalisuus ja ikävät asiat tulevat ikäänkuin pakosta esiin.

- Joo, vaimo lähti sveitsiläisen lennonjohtajan matkaan. Paljon nuorempi mies mutta vaimo sanoi että se on joskus kotonakin, Rytkönen ei kyennyt peittelemään katkeruuttaan.

- Minun vaimo löysi vanhemman ja todella rikkaan miehen, joka ei ole koskaan kotona mutta ehkä hän on sitä tyyppiä. Saa tehdä mitä lystää, shoppailla jne ja onhan rikkaalla miehellä ja hänen vaimollaan tietty status, Asikainen sanoi kuivan asiallisesti.

- Ja paskat mutta mitä me noista, olutta ja mennyttä. Hengissä ollaan, jätkä ei kun porskuttaa, eikö.

Siinä tilanteessa Asikainen alkoi kertoa mitä hänelle oli tapahtunut, taisi tulla tippakin silmäkulmaan vaikka hän yritti olla kovana ja kirota ja kiroilla paskaa yritystä joka kusetti vanhan konkarin.

- Kuule Alpo, ny on semmoinen juttu että minua oikeasti kiinnostaa kuinka se tapahtui, olen nimittäin lakimies ja minulla on kokemusta tämäntyyppisistä jutuista mutta yrityksen puolella. Tein niitä hommia ja kaikki oli hyvin kunnes tulivat nämä ulkomaiset ja kansainväliset yritykset. Niiden menettelytavat ja yrityskulttuuri on todella aggressivista ja voiton maksimointi on ainoa tärkeä juttu. Olen itse syyllistynyt aika pahoin juttuihin. Lakimiehenä en voi sanoa että olen rikkonut lakia mutta jossain harmaassa välimaastossa on oltu useasti.

Sitten oli se viimeinen tikki mistä en halua, enkä voi kertoa, niin jos haluan olla elävien kirjoissa. Päätin silloin että käytän loppu-urani ihmisten auttamiseen. Äläkä nyt luule että alkoholi tai joku idealismi puhuu. Olin todella ylpeä siitä että tienasin niin paljon rahaa. Hyvin harva laillisesti Suomessa voi ansaita niin sairaan paljon.

Asikainen ajatteli juuri niin, humalassa on helppo olla idealisti mutta Espan konttorissa seuraavana päivänä on jo muut aatokset mielessä.

- Kuule Alpo, minä pistän kahvit tippumaan ja käyn hakemassa kebabit vastapäisestä talosta. Selvinpäin tästä täytyy puhua ja selviä ei meistä nyt saa millään mutta sen verta että saan taustat selville ja voin jo huomenna selvittää muutaman perusjutun, ok? Rytkönen kysyi.

- Tottakai se käy mutta ei minulla ole varaa palkata huippuasianajajaa, Asikainen sanoi hiljaa.

- Tässä ei ole kysymys rahasta vaan periaatteesta. Saatana kun harmittaa että ulkomaalaiset firmat tulevat tänne määräilemään ja me annetaan niitten tehdä se. Myös meidän vika että ollaan myyty isänmaa, no annetaan sen olla. Turhaa herkistelyä. Olen oikeasti aika vittumainen ja tunteeton mies, viski alkaa puhumaan. No maksat minulle 8% rahoista mitkä tulen voittamaan korvauksina ja usko pois että sekin on tosi paljon rahaa, Rytkönen sanoi ja tilasi kebabin ja lähti välittömäst ovet paukkuen ulos.

Asikainen ajatteli että Rytkönen taitaa olla umpihumalassa kun aikakäsityskin on hämärtynyt

Asikaisen hämmstykseksi Rytkönen oli takaisin vain muutaman minuutin päästä.

- Miten ihmeessä sinä ne sait niin nopsaan, Asikainen ihmetteli.

- Niillä on öisinkin riittävästi henkilökuntaa ja oletettavasti kaikki ruoka valmisteltuna hyvissä ajoin, yöllä ihmiset syövät kebabia etupäässä ja olenhan minä aika hyvä asiakas. Pitäisi kyllä vähentää. No, tuossa rullakebabi ja termos on täynnä kahvia.

Miehet söivät hyvällä ruokahalulla. Oluen juonti antaa kummallisesti himon juuri pikaruokaan. Kun he olivat saaneet syötyä ja Rytkönen kaatanut heille molemmille kahvit ja vielä pienet viskit rykäisi Rytkönen virallisesti.

- Kertoisitko Alpo miten se itse rahojen menettäminen tapahtui?

- niin, minähän olin vielä koeajalla kun terveys ei kestänyt 14 tunnin työpäiviä. Päätin lopettaa, tai oikeastaan päätin etten aloita. Tehtiin luonnollisesti inventaario ja lopputuloksena oli että myös ne rahat mitkä olin sijoittanut mukamas tarvittiin johonkin. Minulle vakuutettiin että sijoitus oli rikoksen varalta, jos tekisin rikoksen yrityksellä olisi vakuus jo tilillä ja sieltä he ottaisivat tarvittavan määrän. Kukaan ei ole väittänyt että olisin tehnyt mitään väärää. Sittenhän oli niin että minulle luvattiin kompensoida se että tiedettiin ettei kauppa ollut oikein kannattava ja ketju avasi oman liikkeen vain 50 metrin päähän missä oli isommat asiakasvirrat. Tämäkin luvattiin hyvittää mutta molemmat hyvitykset olivat suullisia, tai ainakaan mitään summia ei mainittu missään. En oikein jaksa uskoa että muutamassa kuukaudessa oli voinut tulla niin paljon miinusta, myynti oli todella vilkasta. Jonoksi saakka melkein aamusta iltaan. Vain sunnuntait hiljaisempia ja silloin olin aina minä itse töissä. Jotenkin haluaisin jättää koko jutun, nolottaa kun pystyivät huijaamaan vanhaa yrittäjää.

- Älä helvetissä jätä sitä tähän. Yritysmaailma on kovaa ja kyllä kokeneillekin sattuu ja tapahtuu. Ensinnäkin on sinun oma kunnia ja ylpeys ja toiseksi, jos kukaan ei reagoi, tällaiset firmat vaan huijaavat seuraavaa ja seuraavaa. Anteeksi vaan, mutta huijattavia löytyy pilvin pimein. Luota minuun, pystyn saamaan tyydyttävän ratkaisun. Mielellään saat olla mukana, se on mielestäni parempi kuin että se jää kaivelemaan loppu iäksi. Katkeroidut ja alat vaan juoda enemmän. Ei se ole mikään ratkaisu.

Asikainen ajatteli että on sitä aikaisemminkin kuultu vakuutteluja milloin mistäkin ja tapaamiset ja muut sopimukset ovat olleet pelkkää ilmaa, niitä ei ole edes viitsitty peruuttaa, niitä ei vain ollut.

Ensimmäinen muisto oli jo nuorena miehenä kun kän kaverinsa kanssa sopi kapakassa kahden tytön kanssa yhteisestä juhannuksen vietosta kaupungin ulkopuolella. He ajoivat innokkaina kaupungista maalle seuraavana päivänä. Auto oli täynnä ruokaa, grillausvehkeitä, olutta, mitä nyt juhannukseen kuuluu. He odottelivat kauan tyttöjä mutta he eivät ilmestyneet. Heidän oli vaikea ymmärtää tätä mutta ehkä oli tapahtunut onnettomuus tai muu este. Molemmille tuli kumminkin tunne että oli kysymys ohareista. Asikainen ajatteli että nyt oli kysymyksessä vähän vakavampi asia kuin juhannuksen vietto.

Aivan kuin Rytkönen olisi aavistanut Asikaisen ajatukset, ainakin hän halusi vakuuttaa olevansa tosissaan.

- Annatko minulle asianajajasi nimen ja puhelinnumeron? Sinun ei tarvitse tuoda sopimustasi itse tai kirjanpitoa, tutustun niihin ensin itse ja sitten tavataan ja suunnitellaan yhdessä jatkotoimenpiteet. Sinä voisit sillä aikaa ottaa selville haluaisiko joku muu haastaa yrityksen samoin perustein. Mainitsit aikaisemmin että iltalehtien mukaan yhteiskanne on myös meneillä, jossa on osallistujia ympäri Suomea.

- Minun on ehkä ajettavaa ainakin osaa asiaani yksityisesti, koska yhteiskanteessa on kysymys enemmän kohtuuttomista ehdoista. Minun tapauksessa on kysymys petoksesta tai vastaavasta, Asikainen vastasi.

Miehet juttelivat vielä hetken asian tiimoilta ja päättivät tavata vasta ylihuomenna. Rytkönen saisi tarvittavat paperit digitaalisesti ja voisi alkaa tehdä perustyötä. Asikainen voisi ottaa yhteyksiä sillä aikaa Helsingissä toimineisiin yrittäjiin, jotka olivat lopettaneet. Asikainen tiesi myös yhden yrittäjän joka oli joutunut uhkailujen kohteeksi mutta yritys ei ollut reagoinut. Viimein yrittäjä meni kertomaan asiasta Iltelehdille mutta tässäkin ongelmana oli se, ettei ollut kysymys samantyyppisestä asiasta. Viimein oli aika mennä nukkumaan ja miehet löivät kättä päälle ja Rytkönen virkkoi.

- Nyt vaan pää pystyyn, kyllä käytetyissäkin, eronneissa suomalaisissa miehissä vielä löytyy sisua ja kanttia pistää hanttiin ulkomaalaisille paskiaisille. Nyt vähän tervettä pohjanmaalaista uhoa, perkele.

Seuraavat päivät Asikainen otti kontakteja puhelimitse ja kävi henkilökohtaisesti paikan päällä useammassakin saman ketjun putiikissa. Suklaapatukat olivat yhä samassa järjestyksessä kuin ulkomaalainen omistaja oli päättänyt. Asikainen ei voinut olla ajattelematta oliko se varmasti paremmin kannattavampaa kuin antaa kauppiaiden olla oikeita kauppiaita ja käyttää omaa luovuutta ja päätäntävaltaa suklaapatukan paikasta. Tosin sekin mitä myytiin oli pakollista. Siis amerikkalaiseen malliin, menit ostamaan hampurilaista niin sama tuote ympäri maailmaa, samaten naisten treeniryhmät, kahvipaikat, mitä niitä nyt olikaan, Starbucks, Waynes? Täytyy joku päivä oikein paneutua asiaan.

Asikaisella piti niin kiirettä että kaljoitteluunkaan ei jäänyt aikaa. Hän tunsi itsensä myös vahvemmaksi ja tarmokkaaksi. Hän oli aktiivinen, eikä vain valittava olosuhteitten uhri. Asikainen ajatteli että on sekin ilmaus, joku tekee rikoksen häntä kohtaan ja sitä kuvaillaan olosuhteitten uhriksi joutumisena. Tottakai itse voi valita kuinka sen ottaa, ehkä se on tärkeintä. Ei siis kuinka asiat ovat, vaan kuinka sen ottaa. Hän muisteli köyhiä lapsia Filippiineillä, missä hän vieraili vielä varakkaana yrittäjänä. Hänellä oli kaikkea yllin kyllin mutta oli masentunut vaimon ilmoitettua, ettei ollut enää tyytyväinen suhteeseen. Katulapsilla ei ollut mitään, ei edes kunnon vaatteita ja ruokaa mutta heillä tuntui olevan hauskaa. Ei Asikainen niin tyhmä mies ollut että hän olisi luullut kenenkään haluavan elää kurjuudessa mutta hän ei voinut ymmärtää mitä hymyilemisen aihetta lapsilla oli. Hän oli masentunut ja teki vain pakolliset kuviot töissä ja ei jaksanut innostua nähtävyyksistä. Hän istui enimmäkseen hotellihuoneessa ja joi tax free konjakkia. Myöhään illalla hän kävi oluella hotellin baarissa. Hän istui yksin ja mietti omia asioitaan ja tuskin huomasi kauniiden prostituoiden tarjouksia. Hän ei voinut ymmärtää miksi hän ei kelvannutkaan yhtäkkiä. Hän oli yrittänyt olla enemmän kotona ja kaverit olivat jääneet vähemmälle ja harrastukset. Työ vei aikaa. Ehkä siinä oli se juju. Hänestä oli tullut tylsä, keski-ikäinen mies, tai sitten vaimo oli löytänyt vähemmän käytetyn. Ulkonäöllä ei varmasti ollut enää monen avioliittovuoden jälkeen merkitystä mutta Asikainen oli komea, ainakin hauskannäköinen mies, hieman vatsaa oli kertynyt mutta kyllä sitä rasvaa löytyi vaimonkin lanteilta. Se ei Asikaista haitannut, hänestä aikuinen nainen oli kiinnostavampi kuin nuori tyttö. Hän oli aina ollut kiinnostunut vain ikäisistään, jopa vanhemmista naisista. Asikainen huomasi että tapaamiseen oli vielä puoli tuntia joten hän

24

poikkesi torilla pullakahvilla. Aurinkoinen ilma oli muuttunut tuuliseksi ja sateiseksi ja Asikainen kirosi omaa huonoa suunnitteluaan. Kyllä Suomessa kannattaa pitää sateenvarjo mukana, aurinkoinen viikko oli jo saanut hänet luulemaan että sitä vaan jatkuisi. Hän paineli puolijuoksua Esplanadille mutta kerkesi kylmettyä pahan kerran ja vaatteet tuntuivat kosteilta. Hän painoi ovikelloa ison messinkisen kyltin vieressä missä luki asianajotoimiston nimi. Summeri soi ja hän astui halliin, missä aisti rahan tuoksun. Hyvällä maulla restauroutu rappukäytävä huokui valtaa ja rahaa. Asikainen ajatteli että se oli vähän niinkuin kirkossa. Olihan kirkot rakennettu pönkittämään valtaa. Vaikea edes kuvitella mitä maalaisperhe tunsi nähdessään ensimmäistä kertaa Turun tuomiokirkon. Miksi hänelle se nyt tulee mieleen? Hissi oli mieluinen yllätys, vanhanaikainen, avoin hissi missä oli puinen penkki. Asikainen ei pitänyt Kone yrityksen klaustrofobisista metallihäkeistä, vaikka niillä olikin kova kysyntä ulkomailla. Hän löysi oikean oven ja näki sihteerin ja asteli sinne.

- Minulla on tapaaminen Rytkösen kanssa 16.00, hän selitti.

- Kyllä vaan, olkaa hyvä ja istukaa. Ottakaa kuppi kahvia, Rytkönen hakee teidät pian.

Rytkönen ilmestyikin muutaman minuutin kuluttua. Mies näytti todella menestyvältä ja tehokkaalta. He olivat samanikäiset, oletettavasti painoivat myös aika lailla yhtä paljon. Molemmat olivat eronneet ja molemmilla oli kaksi lasta, joilla oli jo omat perheet ja omat kiireet.

- Terve Alpo, mennään tuonne minun huoneeseeni, saitko jo kahvia?

- Kiitos, nyt on tämän päivän mitta täysi.

Rytkönen sijoitti Asilaisen sohvaryhmään ja istui itse vastapäätä. Huoneessa oli myös valtava kirjoitus/työpöytä ja tosi laadukkaan näköinen konttorituoli.

- Menen suoraan asiaan, minulla on vielä pari asiakasta. Viikonloppuna voidaan ehkä käydä oluella ja jutella rauhassa mutta nyt enemmän tilanne tiedotus puolin ja toisin, Rytkönen totesi

- Minä voin kertoa sinulle että käytyäni läpi sopimuksesi, löysin sieltä kaksikin kohtaa mitkä motivoivat raastupaan menon, käydäänkö ne läpi yhdessä? Rytkönen kysyi.

Rytkönen selitti molemmat kohdat ja Asikainen pystyi ne ymmärtämään mutta ajatteli , että on se kummaa peliä, lain soveltaminen.

- Mikä oli tulos sinun yhteydenotoista, Rytkönen kysyi.

- Laihanlainen, nykyiset kauppiaat eivät uskalla edes antaa ymmärtää, että heillä olisi ongelmia. Se kaveri jota on uhkailtu on niin erikoisessa ja ainutlaatisessa tilanteessa, ettei meidän tapauksilla ole oikeastaan mitään tekemistä toistensa kanssa. Iltalehdet eivät halunneet antaa yhteystietoja kauooiaihin, jotka ovat ottaneet yhteyttä heihin. Ymmärrän sen ja heidänkin tavoite on eri kuin minun. Heistä ehdot ovat kohtuuttomia. Se on totta minunkin kohdalla ja voisin olla mukana siinä asiassa mutta minun tapauksessa on enemmän kysymys petoksesta kuin kohtuuttomuudesta, mikä sinänsä kyllä on totta. Kohtuuton työtaakka sai minut uupumaan mutta kyllä rahojen varastaminen on vielä pahempi rikos, Asikainen alkoi suuttumaan omista puheistaan.

- OK, tehdään sitten niin että minä pistän tämän asian vireille ja mennään omillamme. Ja älä sinä Alpo huolehdi siitä tuliko voitto tai tappio, Jos häviämme jutun, niin silloin sitä vasta aletaankin toimia. Katsotaan nyt tämä ensialkuun.

Lain rattaat pyörivät hitaasti ja yhtiön lakimiehet jarruttivat vielä asian käsittelyä. Tosin mitään tarjouksia sovittelusta ei tullut. Asikainen olisi ollut valmis sovitteluratkaisuun, vaikka Rytkönen vastusti sitä ankarasti. Hän tuntui palavan asialleen, kummakos se. Hänhän oli ollut huippuasianajaja ja armoton työmyyrä, mihin se asenne olisi voinut hävitä. Nyt hän oli vielä isänmaan asialla roistoja vastaan. Hän yritti pelastaa rippeet Suomen elinkeinoelämästä. Asikainen ei ollut niin vakuuttunut asian tarpeellusuudesta tai siitä mitä yksi ihminen voisi tehdä, vaikka olikin huippu alallaan. Tosin hänen sympatiat olivat Rytkösen puolella.

Asikainen aloitti lenkkeilemään ja käymään salilla ja alkoi toipumaan masennuksestaan. Hän ei vielä jaksanut hakea töitä tai suunnitella oman firman perustamista. Hän oli jopa tapojensa ja uskomustensa vastaisesti käynyt ennustajan luona. Tämä oli osoittautunut kunnon ihmiseksi. Oli muun muassa sanonut, että nyt on Asikaisen aika luottaa omiin kykyihin, eikä enää koskaan vaarantaa tulevaisuuttaan alkamalla yhteistyöhön muiden kanssa. Siinä oli kyllä vissi totuus, Asikainen ajatteli. Nyt hän ei tarvinnut ennustajia tai meedioita, koska kunnon noustessa myös mieliala nousi. Hänellä ei ollut Kontaktissa Rytkösen kanssa järin paljoa, muutama puhelinsoitto, silloin tällöin.

Asikainen oli jo unohtanut koko oikeudenkäynnin kun Rytkönen soitti ja kertoi että huomenna oli D päivä.

- Kuule, minä en halua olla mukana ollenkaan, onko se ok, Asikainen kysyi.

- Tottakai, tässä kiistelevät vain lakimiehet siitä mitä missäkin sopimuksen kihdassa tarkoitetaan ja onko se laillista, jos sovitaan ensin siitä mitä tarkoitetaan. Soitan sinulle noin neljän tienoilla.

Voisitko odottaa vaikka Tornin alakerran pubissa? Rytkönen kysyi.

Seuraavana päivänä Asikainen oli paikalla hyvissä ajoin. Hän ei ollut juonut mitään moneen kuukauteen ja hämmästykseen olut ei maistunutkaan hyvälle, sitä vastoin se humahti päähän nopeammin kuin vuosiin. Nousuhumala rentoutti ja aikaisempi hermoilu muuttui stoalaiseksi suhtautumiseksi. Menee niin kuin menee, Asikainen tuhisi itsekseen. Hän alkoi juttelemaan mielenkiintoisen naisen kanssa, joka odotti ystävätärtään, vai oliko se vain veruke? Heillä oli kumminkin hauskaa ja aikaa vierähti yli tunnin ja heidän jutustelu keskeytyi kun Rytkönen tuli paikalle.

- Terve, voitaisiinko mennä vähän rauhallisempaan paikkaan? Rytkönen kysyi

- Tottakai, hetki vaan.

Asikainen sanoi moi naiselle ja mietti kuumeisesti kuinka saada tai antaa puhelinnumero. Sitten hän keksi selityksen, he olivat puhuneet viinitilasta, missä Asikainen oli käynyt mutta hän ei muistanut nimeä. Hän kysyi naisen puhelinnumeroa, sillä verukkeella että voisi kertoa viinitilan nimen pohjois Italiassa. Nainen tuntui ymmärtävän mistä oli kysymys mutta hymyili ystävällisesti ja antoi

31

puhelinnumeronsa. Asikainen epäili väluttömästi että numero oli tekaistu mutta mitä sille voi.

Miehet eivät puhuneet mitään, ennenkuin olivat tilanneet oluet makkaratalon yhdessä ravintolassa.

- Noniin, takkiin tuli, Rytkönen sanoi. Olin luullut että minulla oli todella hyvä sauma voittaa juttu mutta siellä oli vastassa timantinkovia ammattilaisia ja vielä melkoinen liuta niitä. En halua puolustaa omaa häviöäni mutta suurilla yrityksillä on lakimiehet suojamuurina ja mitä isompi yritys, sen parempi suojamuuri.

- Älä siitä itseäsi soimaa, sitäpaitsi en ollut paljoa odottanu, enkä nyt tarkoita vähätellä taitojasi, Askainen vastasi.

Rytkönen yritti selittää teknikaliteetteja ja lain kirjaimen tulkintaa ja saivartelua niin yksinkertaisesti kuin osasi. Asikainen yritti ymmärtää mutta sai parhaimmillaan hämärän kuvan siitä mitä oikeussalissa oli tapahtunut.

- Onko senyt sitten tässä, Asikainen kysyi varovaisesti.

- No, ei helvetissä ole, nyt alkaa kova liikkumaan kun pannaan kovaa vastaan, vai miten Jenkkipoika sen ilmaisee. Minulla on iso juttu meneillään mutta panen apulaiseni töihin. Siinä on sellainen

32

assistentti, ettei paremmasta väliä. Hänet on keitetty monessa liemessä. Jos sinulla on aikaa, alatte yhdessä kierrellä Suomen maata ja yritätte saada kauppiaat avaitumaan, tai entiset kauppiaat.

- Aikaahan minulla on muttei oikein varaa kierrellä Suomea, hotellihinnat ovat aivan kohtuuttomia jos ei ole firmaa minkä piikkiin niitä laittaa.

- No, minulla on. Lähdette huomenna matkaan, minä teen alustavan matkasuunnitelman ja sihteeri saa buukata hotellit. Kierrätte ensin etelä Suomen isot kaupungit ja sitten tarvittaessa pohjoiseen. Minä maksan kustannukset mutta päivärahaa et saa.

He söivät pizzat ja siirtyivät sporttipubiin. Rytkönen osottautui enemmän kuin innokkaaksi jalkapalloilun kannattajaksi.

- Oletko pelannut itse? Asikainen kysyi.

- Kyllä mutta valitsin lakiopiskelut, molemmat vaativat täyden panostuksen, joten jätin suosiolla jalkapallon ja keskityin opiskeluun. Onhan se silloin tällöin mietityttänyt, kuinka pitkälle olisi päässyt jos olisi antanut kaikkensa, Rytkönen näytti vähän hajamieliseltä.

- Minä pelasi yliopistossa mutta se oli lähinnä potkupalloa. Eikös meidän tutustuminen alkanutkin urheilujutuilla, Asikainen ihmetteli.

33

- Niin taisi alkaa. Joo ja se on niin hauskaa, nimittäin futis, kyllä kaipaan todella vieläkin kentälle. Konttorissa tulee joskus hulluksi kun persauksillan istuu kaiket päivät. Ei se voi olla terveellistä, Rytkönen totesi.

- Nykytutkimuksen mukaan ei edes säännöllinen liikunta korvaa tai suojele istumisesta johtuvia terveyshaittoja, eläimiä ollaan, Asikainen totesi.

Miehet vaihtoivat taas ravintolas kun Rytköstä kiinnostanut ottelu loppui. He menivät yhdessä baaritiskille tilaamaan juomiset

Kaksi tarjoilijaa jutteli keskenään, eivätkä edes vilkaisseet miehiin vaan ottivat tilauksen, houtivat sen ja jatkoivat juttelua keskenään. Ei edes maksun aikana ollut katsekontaktia.

- Aika hyvin junailtu. Saatiin juomiset ilman mitään kontaktia, Rytkönen sanoi tuohtuneena.

- Ala nyt vaan opettelemaan, että meidän ikäiset miehet ovat näkymättömiä. Kävin lounaalla treenikaverin kanssa, joka on aika tunnettu nuori muusikko. Aivan sama juttu. Kysyin treenikaverilta huomasiko hän mitään outoa mutta ei ollut pannut merkille mitään. Olisi hienoa saada palvelua vanhemmalta naiselta tai mieheltä, ehkä silloin tulisi nähdyksi. Toisaalta voi olla että ne olisivat aika

34

katkeroituneita ja väsyneitä ammattinsa, joten en tiedä. Eivåt ainakaan puruile, nää nuoret siis, Asikainen järkeili.

- En tiedä mutta loukkaavaa käytöstä, Rytkönen totesi.

He lopettivat ajoissa, koska molemmilla oli aikainen nousu aamulla. Asikainen oli kumminkin aika humalassa, koska keho ei ollut tottunut olyen kanssa pläräämiseen. Asikaisen ei tarvinnut sinä yönä odotella kauan unta.

Asikainen heräsi aikaisin täynnä virtaa ja hyvällä tuulella. Hän ihmetteli miksei hänellä ollut edes krapulanpoikasta mutta ajatteli sitten että kyllä se hinta maksetaan jossain muodossa päivän aikana. Ehkä tulee todella väsy iltapäivällä ja se pilaa osan päivästä.

Oli fantastinen aamu, vaihteeksi aurinkoista ja isänmaa tarjosi lempeät kasvonsa, sitäpaitsi sateisen kesän tuloksena oli vieläkin tosi vehmasta ja vihreää. Asikainen ajatteli että mikäs tässä kun pääsee ilmaiselle lomalle. Rytkösen assistentti Timo Kivinen haki hänet kotona ja suuntasivat kehätielle ja Tampereen motarille, kuten sitä kansan suussa kutsutaan. He ajoivat nopeasti halki Suomalaisen kesämaiseman ja ihastelivat ääneen sitä.

- kyllä osaakin olla nättiä, Timo Kivinen huokaisi.

- Joo, kyllä maaseudussa on sitä jotain. Onhan Helsingissäkin hienoja puistoja, merta jne mutta onhan se aivan toinen juttu olla luonnossa, Asikainen selitti asennettaan.

- Oletko muuttanut stadiin jostain päin, Kivinen kysyi.

- En, ihan paljasjalkainen stadilainen mutta kaikki lapsuuden kesät olen viettänyt maalla, Virroilla, mistä äitini tulee. Aikuisena se on jatkunut niin että vietän kesät mökillä, käyn töissäkin kesämökiltä veneellä. Monet pitävät minua maalaisena ja ehkä sisimmässäni olenkin ja haluan olla maalainen. Eihän Suomessa ole kovin kauan siitä kun suurin osa ihmisistä asui maaseudulla, Asikainen totesi. - Mistä itse olet kotoisin? Asikainen kysyi. Mie oon lähtöisin Kouvolasta, muutettiin Helsinkiin kun olin 8 vuotias. Se oli aika kova paikka. Olin innoissani kun pääsin suurkaupunkiin ja sitten se osouttautuikin helvetiksi. Kivinen tilitti.

Asilainen ei sanonut mitään. Tällaiset avautumiset olivat vaikeita asioita suomalaiselle. Illanvietossa olisi voinut sanoa jotain lohduttavaa tai usella onko nähnyt kiusaajia myöhemmin ja sitten kilistellä tulevaisuudelle ja unohtaa menneet mutta mäin selvinpäin ei osannut sanoa mitään. Ehkä ei tarvinnutkaan. Ehkä kjuuri kuunteleminen on tällaisissa asioissa tärkeintä?

Kivinen ajoi lujaa Alfa Romeollaan ja pian näkyi tornihotelli ja tutut savupiiput. Ikea jäi oikealle.

- On siinä aika iso postilaatikko yritys, missä se nyt olikaan, Lichtensteinissako, Kivinen kysyi.

37

- Jossain siellä, ruotsalainen ei Ikea ole ollut pitkään, pitkään aikaan vaikka ruotsalaisuutta myyvätkin tai huonekaluja sen avulla, Asikainen mutisi hieman katkeran tuntuisena.

- Ruotsalaiset suuttuvat jos heille kerrotaan totuus. He ovat niin ylpeitä siitä, etteivät halua hyväksyä että se on postilaatikko yritys. Kyllähän sen ymmärtää tavallaan. Onhan Ikea samalla hyvää mainosta Ruotsille ja ruotsalaisuudella. Meille on buukattu huone Tornista, joten päästään näkemään Tampere lintuperspektiivistä yläbaarista. Illaksi on meille varatti pöytä hotellin ravintolasta. Ehkä voidaan vähän löysäillä ensimmäinen päivä mutta sitten kyllä täytyy painaa töitä normaalisti. Kivinen selitti tilannetta.

He juuttuivat ruuhkaan Ratikan rakenteilla olevan ostoskeskuksen kohdalla.

- se on kehittyvän kaupungin merkki että rakennetaan joka puolella, vaikka harmittaakin että liikenne ei suju. Minun täytyy käydä pikapikaa Sepänkadulla. Ppiskelukaverillani on siellä taideateljee ja olen tilannut häneltä maalauksen ja käyn vain hakemassa sen, onko se ok? Asikainen kysyi.

- Tottakai, sen jälkeen mennään sisäänkirjautumaan. Käydään baarissa yksillä. En ole koskaan nähnyt Tamperetta sieltä. Sitten saunaan ja sen jälkeen illallinen. Huomenna tuleekin sitten ihan jalkatyötä ja minulla on muitakin työtehtäviä kuin tämä sinun juttusi. Tehdään aamulla työnjako ja suunnitelma ajoista. Ajattelin että syömme lounasta yhdessä ja sitten illallista. Muutoin työskentelemme omilla tahoillamme. Miltä tämä kuulostaa, Kivinen kysyi.

- Ihan hyvältä, varsinkin tämän päivän osio, Asikainen hymyili tyytyväisen näköisenä.

- no on hulppeet maisemat, Kivinen ihaili

- Joo, taitaa Helsingin Torni jäädä kakkoseksi. Tässä on vielä niin huulilla, vain lasi meidän ja tyhjyyden välillä, ihan kourii vatsanpohjasta, Asikainen ähkäisi hieman huolestuneen näköisenä.

- Et taida pitää korkeista paikoista? Kivinen kysyi.

En pidä mutta meidän täytyy käydä vielä kahdessa korkeassa paikassa, ennenkuin lähdetään takaisin. Käydään Pyynikin vanhassa näköalatornissa munkkikahveella ennenkuin lähdetään jatkamaan matkaa ja lounasta voisimme syödä Särkänniemessä, siinä pyörivässä tornissa, sopiiko Asikainen kysyi.

-Kyllä sopii mutta nyt on aika mennä saunaan, Pohjanmaan kautta nyt poijjaat, Kivinen muistutti.

Heillä kului ilta rattoisasti saunoen ja illallinen oli todella maukas. Kivinen ei ollut alan miehiä, joten Asikainen soputui sivistyneempään tahtiin ja se sopi hänelle hyvin. Hänhän oli lähinnä kuntoillut viime kuukaudet ja alkoholin juontikin vaatii harjoittelua. Tosin siinä ei toleranssi parane aina vaan jossain kohdassa se romahtaa. Asikainen oli tyytyväinen tilanteeseen ja ajatteli että jos näin fiksusti ottaisi, niin voisi periaatteessa ottaa joka ilta. Hän tiesi kokemuksesta että hänen kohdallaan kulutus kasvaisi koko ajan, joten hän hylkäsi haaveet älykkäämmästä tavasta käyttää alkoholia.

Aamulla he aamiaisen jälkeen menivätkin suunnittelemaan Pyynikille. He käpäisivät katsastamassa maisemat, katselivat laivaa joka puskutti täynnä turisteja Viikinsaareen.

- Minulla on sinulle lista nimiä osoitteineen. Voit ottaa Alfa Romeon, koska minä olen keskustassa Hämeenkadulla koko päivän. Tottakai voit käydä omien kontaktijesi luona mutta nämä henkilöt mahdollisest puhuvat kanssasi, Kivinen selitti ja ojensi hänelle A4 sivun täynnä nimiä ja osoitteita.

- Miten ihmeessä olette tämän voineet hommata. Minä olen sisäpiirin mies mutten tiedä sittenkään kuka on valmis puhumaan, Asikainen hämmästyneenä katseli sivua.

- Miksi luulet Rytkösen olleen parhaiten palkattu asianajaja monta vuotta Helsingissä. Kyllä siihen vaaditaan muutakin kuin taitoa valita viinejä ja eri ruokalajeja. Se on helvetin kovaa duunia ja täytyy rakentaa oma verkosto, mikä vie vuosia. Munkki-kahvit juotuaan Kivinen antoi autonavaimet Asika-iselle.

-Jätä minut kauppahallin lähelle Hallituskadulle. Kävelen

mielelläni kauppahallin läpi Hämeenkadulle. Pidän todella paljon vaan katsella, kuunnella ja vetää tuoksuja sisään kauppahalleissa. Hae minut samasta paikasta neljältä niin ostan tullessa hyviä juustoja ja pullon viiniä, Kivinen selitti nopeasti.

Asikainen pysäytti auton kauppahallin edessä ja Kivinen hyppäsi nopeasti ulos ja Asikainen jatkoi matkaa. Hä katsoi listaa ja päätti mennnä jär-jestyksessä listan lävitse, vaikka se tarkoittaisi muutaman kilometrin pidempää ajomatkaa.

Ensimmäinen henkilö kieltäytyi puhumasta, toinen empi ja oli hyvin epävarma haluaisiko olla mu-kana. Kolmannen kanssa oli sama juttu. Ihmiset pelkäsivät joutua syyttetyksi salassapitosopi-muksen rikkomisesta. Viimein listalta löytyi suora-selkäinen entinen kauppias, joka lupasi olla mukana. Koko päivän tulos oli kaksi henkilöä, jotka varmasti halusivat olla mukana.

Asikainen ajoi Hallituskadulle ja siellä Kivinen jo odotteli kantamuksineen.

- Moi, miten päivä on mennyt, Kivinen uteli.

- Kaksi joltisenkin varmaa, en tiedä onko se surkea tulos päivän työstä vaiko ei? Miten sinulla?

- Minulla oli kaksi tapaamista ihan eri projektien yhteydessä mutta en luonnollisesti saa kertoa mitään niistä sinulle. No, voin sanoa että hyvin meni. Sinun jutun puitteissa tapasin lakimiehen, joka lupasi olla mukana ja auttaa meitä. Meidän on pakko saada enemmän voimaa taakse, koska vastapuolella on sellainen palomuuri asianajajia, ettei siihen helpolla saa hakattua reikää, Kivinen selitti.

He ajoivat hotellin parkkipaikalle ja kävivät nopeasti saunassa, minkä jälkeen Kivinen aukaisi viinipullon ja aikamoisen määrän erilaisia juustoja.

- Juustot on minun heikkous mutta eihän ne vielä ole jääneet vyötärölle riippumaan niin toistaiseksi jatkan niiden syömistä. Maistapa tätä Camembert- tia. Tosi laadukasta kamaa, Kivinen selitti innois- saan. Asikainen ei ollut mikään juustojen ystävä mutta löytyi sieltä muutama juustolaatu, joista hän piti ja valkoviini korosti makua. Hän oli yleensä juonut punkkua juustojen kanssa. Niin tehtiin ennen ja suomalaiset naiset ovat tunnettuja siitä että he pitävät punaviinistä.

He tilasivat taksin kun oli aika lähteä ravintolaan. Kumpikaan heistä ei ollut käynyt pyörivässä tornissa. He tilasivat neljän ruokalajin päivällisen ja saatuaan drinkit Kivinen totesi.

- Olipa hyvä että sait minut houkuteltua tänne. Tällaisessa paikassa täytyy käydä ainakin kerran. En tiedä tekeekö samaa vaikutusta toisella kertaa mutta on tämä näin kokemuksena tosi hieno.

He maistelivat juomiaan ja katselivat järviä ja vihreää kesäistä luontoa lintuperspektiivistä.

- Upeeta on, Asikainen huokaisi

Ruoka oli hyvää, Kivinen kertoi lukeneensa että kaikki eivät olleet netissä tyytyväisiä mutta ehkä ravintola oli ottanut onkeensa valitukset.

- Näitä maisemia katsellesaa ehkä kaikki maistuu paremmalta, Asikainen epäili.

- Voi olla, kyllähän se miten ruoka maistuu on aika paljon kiinni tilanteesta ja fiiliksistä. Minusta tämä on todella hyvää ja hintansa väärtti ja se on kova, se hinta nimittäin, Kivinen sanoi.

He söivät monta tuntia ja ottivat taksin suoraan Torni hotelliin. Asikainen ajatteli tyytyväisenä että hänelle oli hyväksi ettei Kivinen ollut alan miehiä. Huomenna jaksaisi taas istua autossa ja tavata ihmisiä mutta jos he olisivat jääneet kaupungille kukkumaan, niin seuraava päivä olisi ollut tosi rankka ihan turhan takia. Asikainen nukahti tyytyväisenä ajatellen mitähän seuraavana päivänä tapahtuisi. Varmasti jotain hyvää.

Asikainen heräsi aikaisin ja venytteli tyytyväisenä. Hän oli nukkunut hyvin ja koska tapaamiseen asmiaisella oli vielä puolitoista tuntia hän päätti lähteä lenkille. Hän juoksi Ratinan rantatielle ja seurasi sitä. Oli mukavaa katsella järveä ja siellä liikkuvia veneitä. Oli lämmin aurinkoinen kesäaamu ja se sai ihmiset aikaisin liikkeelle. Varsinkin lenkkeilijöitä oli paljon. Aamu oli parasta aikaa juosta. Päivällä olisi liian kuuma. Palattuaan Asikainen otti pikasuihkun, pukeutui ja meni syömään aamiaista Kiviniemen kanssa. Kiviniemi oli jo aloittanut mutta hän söikin tuplamäärän verrattuna Asikaiseen. Nuorella miehellä ruoka palaa kuin bensa.

Moro, nääs aloittelin jo ku sua ei näkynyt, Kivinen sanoi.

- No hätä, kävin lenkillä, on tosi upee ilma. Kelpaa meidän ajella Suomen Turkuun, vakka se tie ei ole kaksinen. Saat varoa ettet saa sakkoja. Nopeudet vaihtelevat koko ajan, navigaattori on syytä pitää päällä vain muistuttamassa mikä rajoitus on kulloinkin. Turun tiellä ei voita mitään kaahaamalla. On sen verta kapea tie, Asikainen selitti

- Miksi sitä aina hoetaan Suomen Turusta, ei kai niitä muualla ole, Kivinen kysyi.

- Kyllä löytyy Jenkkilästä ja Australiasta mutta oletko kuullut ilmausta turuilla ja toreilla? Se oli alkuun venäläisten tapa erottaa meidän Turku heidän toreista ja sittenhän Ruotsin perspektiivistä se on Suomen Turku, Asikainen luennoi. Ajattele vaikka itämerta, länsimerihän se on Suomelle.

- Okei, kuulostaa loogiselta, Kivinen sanoi.

- Nyt ei muuta kuin auton nokka Suomen Turkua päin, Asikainen kannusti.

Kivinen kävi maksamassa laskun ja Asikainen mietti kuinka paljon kaikki olisi maksanut hänen kohdaltaan tähän mennessä. Ehkä se Rytkönen aikoo todella voittaa ja hän, Asikainen saa maksaa korkojen kera kaikki kulut mitkä matkalla tulee. Hän jäisi kumminkin todella paljon plussan puolelle, matkakustannukset tuskin olisivat kuin osa Rytkösen palkkiosta.

He ajoivat Turkuun nopeusrajoitusten mukaan ja he eivät pysähtyneet edes kahvilla.

- Mulla on täällä suosikki huoltoasema missä aina tankkaan ja käyn kahvilla, sopiiko, vai mennäänkö turuille ja toreille, Kivinen kysyi.

- Mennään mieluummin torille, voidaan syödä jäätelöt jos on todella helteistä. Sen jälkeen on hyvä aloittaa työt.

Kivisellä oli jälleen tapaamisia muiden projektien tiimoilta, joten sama kaava toistui kuten Tampereella. Asikainen pörräsi Alfa Romeolla pitkin kyliä ja Kivinen istui ilmastoiduissa neuvotteluhuoneissa. Asikainen oli tyytyväinen rooliinsa. Hän sai olla vapaa. Turussa hän onnistui löytämään neljä varmaa osallistujaa. Mikä nyt sitten oli varmaa? Ei hän aikonut ylipuhua ketään, joka ei ollut motivoitunut todella olemaan mukana. Rytkönen ja Kivinen olivat samaa mieltä hänen kanssaan. Kyllä ihmisten piti tehdä päätös itse. He tapasivat viideltä ja menivät sisäänkirjouttautumaan Hamburger börsiin. He jättivät laukut huoneisiinsa ja suunnistivat vanhaan pankkiin.

- Nää on hienoja paikkoja, Turun olutkapakat. Koulu, Apteekki, Potta ja tämä Old Bank. Ei taida muualla olla kuin Suomen Turussa, kysyi Kivinen.

- Ei taida olla mutta ovat pirun vaikeeta porukkaa tutustua. Asuin täällä monta vuotta mutta en saanut uusia tuttavuuksia. Voihan se syy olla itsessäkin, Asikainen ihmetteli.

- En tiedä yhtään, kaikki Turkulaiset ovat olleet mukavaa porukkaa, joita olen tavannut, Kivinen sanoi.

- Joo, niin ovat mutta vaikeeta siitä huolimatta saada kavereita täällä, Asikainen valitti.

- Eiköhän siihen vaikuta ikäkin, vanhempana vaikeeta kaikkialla ja nuoret tutustuu helposti joka paikassa, Kivinen sanoi.

- Varmasti näin. Mulla oli muuten paljon parempi tulos täällä kuin Tampereella.

Miehet kävivät yhdessä läpi joka ainoan kiinnostuneen.

- Tämähän näyttää hyvältä. Huomenna käymne mutkan Uudessakaupungissa ja sitten takaisin Helsinkiin rannikkotietä pitkin, Kivinen selosti tilannetta.

- OK, mukava päästä takaisin Stadiin, vaikka olen viihtynyt hyvin reissussa myös, Asikainen sanoi.

- Niin minäkin. Olen yleensä yksin näillä reissuilla ja täytyy sanoa ettei välttämättä 4 ruokalajin päivälliset aina maistu. Joskus käyn hakemassa pizzan hotellihuoneeseen ja katselen filmejä. Oli todella mukavaa saada seuraa, Kivinen sanoi.

He menivät syömään kellariravintolaan ja Kivinen ehdotti elokuviin menoa ruokailun jälkeen. He katsoivat mielensäpahoittajan ja painuivat pehkuihin. Asikainen ei tahtonut saada unta. Hän olisi mielellään jatkanut reissaamista. Hän oli huomannut että tunsi itsensä tavallista voimakkaammaksi, vapaammaksi ja ilman huolia matkalla. Hän tuumi että ehkä arkirutiineista irtirepäisy on terveellistä ja tervehdyttävää. Vaikka hän olikin pitänyt itsestään huolta, ei hän ollut vielä vapaa tapahtumista. Hän oli välillä vihainen, välillä epätoivoinen ja kaikkea siltä väliltä Helsingissä. Matkalla hän oli kuin tyhjiössä, mikään ei tehnyt kipeää ja se oli suunnaton vapauden tunne. No, aikansa kutakin sanoi pässi kun päätä leikattiin. Takaisin todellisuuteen, Asikainen ajatteli. Ehkä matkan tulos voisi johtaa johonkon konkreettiseen tulokseen. Hän kokeili mielikuvaharjoitetta, missä hän oli juuri voittanut oikeusjutun yhdessä muiden kauppiaiden kanssa ja hän skoolasi samppanjalasi kourassaan hymyillen onnellisena. Sitten hän nukahti. Hän näki unta missä hän hävisi oikeusjutun muiden kauppaiden kanssa ja joutui maksamaan vielä huikeat oikeuskulut ja lakimiesten tähtitieteelliset korvaukset.

Asikainen oli jo syömässä aamiaista kun Kivinen tuli myöhässä paikalle. Kivinen haki kunnioitettavan määrän ruokaa aamiaiseksi ja istuutui pöytään.

- Sorry että olen myöhässä mutta Rytkönen soitti Helsingistä. Minun kohdalle tulee muutos suunnitelmiin. Minun täytyy ajaa vielä tänään Ouluun ja huomenna Rovaniemelle. Sinä voit valita, joko tulla mukaan tai ottaa lento tai juna Stadiin. Jos lähdet mukaan voitaisiin käydä Reidar Särestöniemen ateljeessa ja kotitalossa. Niin ja mikä se nyt olikaan sen toisen taiteilijan nimi? Muistatko? Kiviniemi kysyi.

- Tarkoitat varmaan Kalervo Palsaa, Kittilän oma poika. Hänhän ei oikein viihtynyt Helsingissä. Lähden mielelläni mukaasi, ehkä voidaan jutella asiaakin kun joudutaan kumminkin istumaan niin kauan autossa, Asikainen vastasi.

- Juuri niin. Hienoa. Käydään vielä Ruissalossa kahvilla ennenkuin mennään Uuteenkaupunkiin. Minulla on tapana käydä siellä ja Naanralissa joka kerta kun olen länsi Siomessa. Ovat niin hienoja paikkoja molemmat, Kivinen tilitti.

He ajoivat Ruissalon päässä olevaan kahvilaan. He istuivat ja joivat rauhassa kahvinsa, puhumatta mitään ja lähtivät sitten ajamaan Uuteenkaupunkiin.

- Siellä on kova pula asunnoista kun Mersin tuotanto laajenee. Ilmeisesti Saksan poika on tyytyväinen suomalaisen työn laatuun, Kivinen selitti.

- Kyllä, pitäisikö sanoa jo jovain, kun ollaan pohjoiseen menossa. Parhaat saabit tehtiin myös Uudessakaupungissa. Minulla oli aikoinaan Saab Cabriolet ja olen puhunut henkilön kanssa, joka oli työskennellyt autoni kanssa. Sääli että se jäi Sisiliaan, Asikainen sanoi.

- Miten helvetissä se sinne jäi, Kivinen kysyi

- Kytkin paloi kun pääsin saarelle ja korjasivat sitä kuukauden ja 40 minsan kuluttua sama vika,
51

onneksi en ollut ehtinyt lähteä ajamaan pois saa-
relta. Siitähän tuli riitajuttu, eikä EU voinut auttaa,
koska se korvaussumma ei ollut riittävän suuri, tai
vahinko. Minä jouduin ottamaan vuokra-auton ja
ajamaan Kroatiaan, työjutut odottivat siellä. Sitten
se juttu venyi. Maksoin lopulta uuden korjauksen
mutten halunnut mennä koko paskasaarelle vaan
yritin saada jonkun hakemaan ja kun se ei onnistu-
nut aika alkoi kulua ja auto pysyi siellä. Viimeksi
kun soitin, tai tulkki soitti, ei autoa löytynyt, Asika-
inen selitti.

- Melkoinen stoori, Kivinen kuittasi.

He saapuivat pikkukaupunkiin ja Asikainen teki pit-
kän kävelylenkin sillä aikaa kun Kivinen toimitti
asioitaan. Uusikaupunki vaikutti päältäpäin idylli-
seltä paikalta. Asikainen ajatteli että kaikki
kaupungit olivat viehättäviä kesällä mutta entäs
syksyn sateissa ja talven pimeydessä? Asikainen
meni tapaamispaikkaan ja Kivinen ilmestyi aika
puan paikalle.

- Syödäänkö vain kevyt kenttälounas? Minua alkaa
nukuttamaan jos syön kunnon lounaan. Otan vain
hampurilaisen ja sitten voidaan pysähtyä kahvilla
matkan varrella. Ota sinä Alpo mitä haluat.

He söivät varjossa koska oli todella kuuma ja ruo-
kailun jälkeen alkoivat ajaa kasi tietä pohjoiseen.

- Käydään Vaasassa syömässä jätskit ja käydään pikaisesti satamassa. Opiskelin aikoinaan Uumajassa ja haluan nähdä miltä satama-alue näyttää nykyään, Kivinen kertoi.

He pysähtyivät Ja söivät jäätelöt vapauspatsaan juurella. Kahvit he hakivat kioskista mukaan autoon ja ajoivat satamaan.

- Ei ollut minun aikana näin modernia mutta laivat on yhä yhtä vanhoja. Tiedätkö että Estonian nimi oli aikaisemmin Vaasa King ja että selasin Uumajan ja Vaasan väliä sillä tosi usein, Kivinen kysyi.

- En tiennyt mutta Turkulainen kaveri kertoi että oli kuin sotatilanne kun helikopteri lensivät eestaka sairaalaan ja merelle. Ilmeisesti moni pintasikeltaja ei oikein toipunut sen onnettomuuden jälkeen, ihmekö tuo, Asikainen sanoi.

He lähtivät ajamaan kohti pohjoista. Pyhäjoen kohdalla Asikainen alkoi muistelemaan.

- Vedin täällä kaksi vuotta leirintäaluetta. Aikamoinen konflikti se ydinvoimalarakennus. En voinut yrittäjänä sanoa mielipidettäni mutta onhan se helvettiä kun Rosatom, mikä valmistaa ydinaseira ja on Putinin vallassa aikoi rakentaa Suomeen ydinvoimalan. Eihän siinä ole mitään järkeä, Asikainen puuskahti.

53

- Olen kyllä eri mieltä. Minulla on sukulaisia täällä ja se merkitsee uskomatonta buustausta taloudellisesti, oliko se melkein sadan kilometrin säteellä. Näin kävi etelässä. Jo nyt ovat leventäneet tätä tietä. Olisi sääli jos alue ei saisi tätä potkua mitä se tarvitsee. Esimerkiksi Raahessa kaupat suljkevat oviaan. ydinvoimalan rakentaminen saisi ne takaisin. Tarvittaisiin jopa lisätä palveluyrityksiä, Kivinen selitti.

- En tästä ala inttämään, meillä on melkoinen näkemysero. Tottakai ymmärrän sen ruiskeen minkä rakentaminen antaisi. On vaan pirun kaunis leirintäalue. Rakensivat sillan sinne, minun aikanani se oli saari joessa tai onhan se vieläkin. Oli todella kivaa vetää leirintäaluetta vaikja teinkinbtöitä 24/7. Asikainen muisteli.

Pyhäjoki jäi vasemmalle heistä ja pian myös Raahe. Asikainen muisteli lukeneensa että jossain Raahen pohjoispuolella joku viljelee etanoita.

- Olen muuten käynyt Huitsin Nevadassa. Se on baari jossain maaseudulla täälläpäin mutten jaksa muistaa missä, Asikainen muisteli.

- Vaihdetaanko kuskia, Kivinen kysyi haukotellen.

He vaihticat paikkaa ja noin tunnin päästä alkoi jo Pulun motari. Asikainen ajoi toripoliisin lähellä olevaan parkkiin.

- Minä menen nyt tapaamiseen, nähdään täällä tunnin päästä tuossa kahvilassa, Kivinen osoitti lähintä kahvilaa.

Asikainen osti päivän lehden kauppahallista ja meni juomaan kahvia varjossa olevaan kahvilaan. Asikainen todella nautti lehden lukemisesta. Hän oli vieläkin lukemassa kun Kivinen koputti häntä olkapäähän.

- Meille on varattu huoneet tuolta torin toiselta puolen. Käydään heittämässä laukut huoneisin ja mennään kaupungille. Tarvitsen vähän raitista ilmaa ja liikuntaa, Kivinen sanoi.

He kävivät sisäänkirjautumassa ja siirsivät auton hotellin parkkipaikalle. Sitten he suunnistivat kaupungille uimavaatteet mukanaan.

- Eiköhän mennä nyt uimaan ja rentoutumaan rannalle, Kivinen ehdotti.

Uiminen maistui pitkän ajomatkan jälkeen ja molemmat miehet torkkuivat hetken uinnin jälkeen. Oli jo ilta kun he palasivat hotellille.

- Täällä soittaa Wentus blues band. Ne on tosi tunnettuja ulkomailla, soittanert isojen nimien kanssa, pohjanmaan poikia. Mennäänkö kuuntelemaan kun on ensin saatu vähän safkaa, Kivinen kysyi.

He kävivät syömässä kaupungilla puhvipaikassa ja menivät sitten kuuntelemaan bändiä. Asikaiselle tuli mieleen nainen, jonka hän oli tavannut Tornin alakerran pubissa. Miten hän oli voinut unihtaa soittaa? Hänhän oli tosi kiinnostunut. Hän kertoi menevänsä vessaan mutta meni vain nurkan taakse soittamaan. Hän ei saanut vastausta. He kuuntelivat hyvää bluesia koko illan. Wentus oli todella hyvä bändi myös viihdyttäjänä. He pääsivät nukkumaan tarpeeksi aikaisin, seuraavan päivän ajomatkaa ajatellen.

Heillä oli aikainen herätys, koska Kivisellä oli vielä samana päivänä tapaaminen Rovaniemellä. He söivät aamiaista hyvällä rukahalulla ja aamiainen oli ruhtinaallinen. Vanhanaikainen suomalainen hotelliaamiainen. He söivät pitkän kaavan mukaan. Ensin lämmin ruoka, sitten puuro ja kananmuna ja sitten kahvi ja voileivät ja leikkelleet. Juustot ja hedelmät kruunasivat aterian.

- Ei tarvitse pysähtyä lounaalle tunnin parin päästä, Kivinen sanoi tyytyväisenä.

- ei tartte joo. Mitä luulet Oulun tulevaisuutta, ehtivätkö luomaan high tech kulttuurin ja yritysmaailman joka perustuu sille vai kaatuuko se Nokian myötä nyt? Asikainen kysyi.

- Minä olen vakuuttunut siitä ettei kaadu, siitä on jo käytännön todisteita olemassa. Tämä on moderni kaupunki. Oulu oli ehdolla maailman älykkäimmäksi kaupungiksi. Siis miten kaupunki tarjoaa älykkäitä palveluja asukkailleen. Pyörätietkin täällä on kunnossa. Hyvä on tulevaisuus, Kivinen vakuutteli.

Aamiaisen jälkeen he lähtivät välittömästi ajamaan pohjoista kohti. Kivinen muisti viime topassa käydä maksamaasa laskun. Hän tarvitsi todisteet kirjanpitoa varten. He ajoivat pohjoista kohti hiljaisina. Kemin kohdalla Kivinen innostui moottoritiestä.

- Täällä on vara rakentaa moottoritie Kemin ja Tornion välillä. Niin sitä pitää. Miksei Suomessa ole Rovaniemeltä Helsinkiin moottoritietä ja korkenopeuksista junaa? Kävin Kroatiassa viime vuonna ja siellä halkoi motari koko maan, Kivinen selitti.

- EU rahoilla se on rakennettu, Asikainen totesi lakonisesti

- Eikö helvetissä Suomi voi saada samoja korvauksia. Eihän meillä ollut rahaa mihinkään mutta rakennettiin rautatie. Nyt vaan työttömät töihin ja sitten pyörät pyörivät. Sehän tiedetään että esimerkiksi moottoritien varrelle alkaa kuumeinen yritysten perustaminen. Miten ihmeessä Saksalla muka olisi ollut vara rakentaa autobahnoja mutta rakensivat ja talous kukoisti. On se ihmeellistä ettei uskota että laman aikana valtion täytyy investoida, Kivinen alkoi kuulostaa suuttuneelta.

- Olen samaa mieltä, en tiedä mitä poliitikot ajattelevat. Tämän päivän kannatuslukuja ja kuinka säästetään. Siitä on tullut mantra, leikkaus, säästö, leikkaus jne, Asikainen sanoi

- Haluatko kertoa millaista oli olla kauppias L-ketjulla? Kivinen kysyi.

- Lyhyesti kuvattuna oli onnistuttu risteyttämään sosialismi ja kapitalismi pahimmalla mahdollisella tavalla. Ketjuhan oli valtion omistuksessa aikoinaan ja sieltä jäänteenä negatiivisia juttuja ja pomottaminen, siihen päälle yltiökapitalismi niin tuloksena oli melkoinen soppa. Tämä on tietysti minun tulkinta ja voi olla täysin väärä. Se on kuitenkin faktaa, ettei edes suklaapatukan paikkaa voinut valita itse. Kaikki suunniteltiin keskitetysti pääkonttorissa. Mäkkäri meininkiä tai valtion yritystoimintaa, eiköhän se käy molempiin systeemeihin mutta mitä kunnon yrittäjä sellaisessa systeemissä tekee. Minulle vapaus tehdä mitä haluaa on tärkein motivaatio yrittämisessä. Meillä kaikilla on omat porkkanat, mitkä saa meidät toimimaan. - Joo, oliko se Howard Hughes, joka sanoi että kaikilla ihmisillä on hinta. Joilkekin se ei ole raha mutta eikö hän antanut jollekin tiedemiehelle vapaat kädet tutkia alaansa ja se oli tutkijan hinta. Aika ikävä kuva ihmisyydestä? Kivinen totesi.

- Niin, vai todistaako se sen että olemme inhimillisiä ja heikkoja joskus. Tutkijathan tekevät sokeita tai tupla sokeita testejä juuri sen takia, että tietävät että he hakevat informaatiota mikä vahvistaa heidän omia näkemyksiään. Niinhän kaikki tekevät facebookissa varsinkin. Hanakasti älykkäätkin ihmiset jakavat infoa, mitä eivät ole tarkastaneet onko se totta. Jos informaatio vastaa heidän käsitystään niin jakoon vaan, Asikainen luennoi.

- Tiedätkö muuten missä me yövytään Rovaniemellä? Se on klassinen, kultti paikka, Kivinen kysyi.

- Sen täytyy olla Pohjanhovi, Asikainen vastasi

-Jovain, Kivinen nauroi.

- Jätkänkynttiläkin läheisyydessä, se silta, sen nimi on jätkänkynttilä, Asikainen selitti.

- Tiedän, kävin ennen usein Lapissa laskettelemassa mutta nyt se on jäänyt kun Rytkönen höykyttää koko ajan, Kivinen selitti.

- Ei kai sinun pakko ole tehdä alvariinsa duunia, Asikainen kysyi.

- Ei tietenkään mutta se on todella mielenkiinto-
ista ja Matti ei säästele korvausten kanssa. Olet
sen varmasti itsekin huomannut. Kaikkea parasta
saadaan ja minä saan hyvä korvauksen ja päivära-
hat päälle ja rahaa ei kulu ollenkaan. Aika
koukuttavaa, Kivinen selitti.

- Minä pelkäisin että hyvät ajat loppuisivat. Siksi
varmasti en uskaltaisi kieltäytyä. No, minulla ei ole
mistä kieltäytyä, Asikainen irvisti.

- Älä Alpo huoli. Sinulla on niin rautainen kokemus
että tulet kehittämään jotai ennemmin tai myö-
hemmin. Joskus täytyy osata odottaa ja se on vai-
keaa. Tiedäthän headhunterit? Yhtä haastateltiin
TV:ssä ja hän krrtoi ettei onnistuneet ihmiset kiin-
nosta häntä. Konkurssin läpikäynert sitävastoin
kyllä. Jos siitä on selvinnyt pystyy huonoinakin aik-
oina auttamaan yritystä mutta nämä JAS miehet,
jotka ovat aina onnistuneet eivät pärjää huonoina
aikoina ja juuri silloinhan päteviä ihmisiä tarvitaan,
Kivinen selitti.

- Eikös se ollut juuri Rovaniemelöä lehdistö odotti
JAS konetta, mikä ei koskaan tullut kun ei ollut au-
rinkoinen ilma! Asikainen naureskeli.

- Niinpä hyvinkin, jovain. Vielä pitäisi sitä h:t
laithaa sanoihin mutta Rovaniemeltä kotoisin
oleva kaveri väitti ethei sitä joka paikkaan saa

tukhia. En kyllä tiedä mihin saa ja mihin ei, Kivinen selitti.

- Ei nää maisemat kyllä Lapilta näytä, voisi ihan hyvin olla missä päin Suomea vaan, Asikainen totesi.

- Joo, täytyy mennä vielä aika paljon pohjoisemmaksi ennenkuin sinun käsitys Lapista toteutuu, Kivinen vastasi.

Miesten jutellessa ja ajaessa Rovaniemi oli pian lähellä. Joulupukin pahan ja napapiirin he ohittivat ilman valokuvia napapiiriltä. Kiviselöä alkoi olla kiire ja he pysäköivät auton ja Kivinen lähti kokoukseen ja Asikainen meni katsastamaan Alvar Aallon piirtämää kirjastoa ja teatteria. He tapaisivat hotellilla kello viisi. Asikaiselle jäi aikaa käydä lenkillä ja salilla. Saunassakin hän ehti istua hyvän tovin treenien jälkeen.

Kivinen tuli täsmällisesti kello viisi hotellin aulaan.

- Nyt mennään heti syömään, minulla on kiljuva nälkä, Kivinen julisti.

Rytkösen sigteeri oli tilannut heille pöydän ravintolasta missä he saivat syödä laphilaisia herkkuja.

- Täytyy sanoa että käy kateeksi sinun hommat. Aivan sairaanhyvää ruokaa, Asikainen kehui.

- Tähän tottuu tosi äkkiä ja joskus hamppari tai mikä vaan maistuu yhtä hyvältä tai paremmalta.
61

Varsinkin kotona tehty ruoka on parasta. Ihminen on kumma eläin, kyllästyy niin helpolla, Kivinen selitti.

- On niitä paskempiakin hommia, itse en jaksaisi istua konttorissa joka päivä ja kokouksissa. Tällainen duuni olisi minulle omiaan, Asikainen sanoi.

- Minä voin mainita asiasta Rytköselle, voit varmasti saada keikkahommia solloin tällöin ja lomittajaa olemne kaipailleet. Rytkönen on tehnyt hommat itse tai sitten ne on jääneet minun kontalke, mikä on väärin. Aika ikävä tulla lomilta ja tietää että saa tehdä tiplatyöt seurasvan kuukauden, Kivinen sanoi.

- Olisi tosi hienoa jos voit puhua Rytkösen kanssa, Asikainen sanoi.

Heillä olisi välipäivä huomenna, ainoastaan Kittilässä käynti ohjelmassa. He kävivät vielä paikallisessa kuppilassa yksillä, aamulla ei olisi kiirettä matkaan, vaan he saisivat nukkua pitkään tai ainakin olla rauhassa ja pikku hiljaa lähteä matkaan.

He katselivat Reidar Särestöniemen tauluja. Voimakkaat värit olivat täynnä elämää ja intoa. Kaikki Särestöniemen rakennukset kertoivat varallisuudesta. Uima-altaan sijoittamiben yläkertaab on täytynyt maksaa maltaita. Asikainen ajatteli ettei ero voinut olla suurempi kuin Kalervo Palsan ja Särestöniemen välillä. Palsa oli asunut asumattomassa hökkelissä Suomen olosuhteissa ja Särestöniemi asui ylellisesti keskellä luontoa.

- Jumalauta että jäbällä on ollut tuohta paljon, Asikainen ihmetteli.

- Hän oli aikanaa julkkis maalari. Eikös tänne tullut valtionpäämiehiä helikopterilla ja taisivat käyttää helikopteria juhlien yhteydessä, näin olen kuullut, Kivinen selitti.

Molemmat pitivät Reidar Särestöniemen tauluista.

- Eiköhän lähdetä katsomaan lapsuuden ajan idolia tai hänen oatsastaan, Asikainen kysyi

- siis Eero Mäntyrannan patsasta Pellossa, mennään vaan, Kivinen vastasi.

He kävivät patsaalla ja kahvilla ja sen jälkeen Kivinen ajoi nopeasti Oulua kohti. He pysähtyivät vain syömään savustettua siikaa Kukkolankoskella, muutoin matka taittui nopeasti. Liikennettä ei ollut paljon ja Kivinen oli varm kuljettaja. Oulussa miesten tiet erkanivat. Kivinen ajoi asikaisen Oulun lentokentälle, liput olivat odottamassa Asikaista infossa. Kivinen jatkaisi maakuntakierrosta vielä sisämaahan ja mahdollisesti Ruotsin puolelle. Miehet kättelivät ja kiittivät seurasta. Asikainen suuntasi turvatarkastukseen ja meni sen jälkeen kahvilaan. Nyt hän muisti Leenan. Hän yritti soittaa ja saikin vastauksen.

- Leena Möttönen

- Hei, täällä Alpo Asikainen, tavattiin siellä Tornin alakerrassa. Minulla olisi nyt se nimi tiedossa.

- Hienoa, haluatko tulla kahville ja kertoa sen täällä. Asun Arabian rannassa. Sinähän asut aika lähellä, eikö? Leena Möttönen kysyi.

- Kyllä mutta olen Oulun lentokentällä. Tosin voisin olla luonasi jo seitsemältä jos se ei ole liian myöhään? Asikainen kysyi huolestuneena.

64

- Ei ole. Olen sitäpaitsi kesälomalla ja olen silloin mielellään myöhään hereillä, talvella saa tarpeekseen aikaisista aamuista. Olen iltaihminen, Leena selitti.

- ok, nähdään seitsemältä.

- Selvä, tervetuloa. Asikainen kävi kotonaan suihkussa, valitsi suhtkoht asialliset vaatteet, kesäiset mutta ei kesärentun virttyneitä tamineita. Hän oli ostanut ennen automatkaa uudet shortsit ja valkoisen paidan jossa ei ollut kaulusta. Hän katseli itseään peilistä ja oli tyytyväinen näkemäänsä. Lenkkeily ja salilla käynti antoi ryhtiä ja alkoholin kulutuksen leikkaus näkyi jopa kasvoissa, ne olivat avoimemmat ja ihokin oli raikkaampi. Mieliala oli paras juttu, hän oli täynnä energiaa ja olo oli itsevarma.

Hän otti ratikan Arabian rantaan. Kävi ostoskeskuksessa ostamassa kukkia ja hieman empien hän osti myös pullon Cavaa. Onkohan se soveliasta? Eikai siitä kukaan voisi suuttua, tuliaisia vain.

Leena avasi oven ja näytti hurmaavalta, Asikaisen itsevarmuus oli poissa ja hän tunsi kuinka hän vapisi.

- Moi, toin vähän tuliaisia. Sitä pulloa ei tarvitse avata.

- Mitä höpsit, minulla on kesäloma. Mene tuonne parvekkeelle istumaan niin minä järjestän kahvit ja lasilliset viiniä. On niin kuuma, ehkä haluaisit pullon olutta nyt heti?

- Kiitos, kyllä Asikainen vastasi.

Hän meni olutpullon kanssa parvekkeelle, mikä oli todella suuri. Se oli mukavasti sisustettu, jopa ylellisesti, ja maisema merelle oli komea. Hän siemaili oluttaan tyytyväisenä, katsellen merelle.

- Mitä pidät parvekkeesta? Täällä vietän eniten aikaa kesäisin. Kun aloitan työt, juon aamukahvit täällä ja illat vietän täällä myös, tottakai riippuu ilmoista.

- On todella hieno paikka, kateeksi käy. Asun vanhassa kivitalossa, mikä kyllä on charmikas ja huoneet ovat korkeita ja niin poispäin mutta minulla ei ole edes ranskalaista parveketta. Nyt ymmärrän miksi ihmiset usein vaativat parvekkeen, ilman sitä eivät halua vuokrata tai ostaa asuntoa, Asikainen sanoi.

- Miksi olit Oulussa? Lomalla vai töissä? Minun sisko asuu siellä ja viihtyy hyvin, Leena selitti.

- Se oli vähän kumpaakin. Tiedonkeruu reissu lähinnä ja lomailua myös. Taustalla ikäviä työjuttuja mutta on niin hieno ilma että puhutaan mielellään kaikesta muusta kuin työstä, Asikainen vetosi.

- Sopii minulle. Minulla on vain neljä lomapäivää jäljellä ja aion nauttia niistä, enkä todellakaan halua puhua työasioista, Leena vastasi.

He juttelivat verkkaisesti ja joivat viiniä. Ilta alkoi jo hienan hämärtää, olihan jo myöhäiskesä. Leena sytytti lyhtyjä, avasi uuden pullon viiniä. He nauttivat toistensa seurasta. Asikainen oli iloinen että hänen ensivaikutelma ei ollut väärä. Hän pystyi rentoutumaan Leenan seurasta ja tuntui siltä että he olivat tunteneet toisensa jo vuosia. Leena oli nätti nainen, vaalea tukka ja vihreät silmät. Ne kaartuivat vähän kissamaisesti ylöspäin ja Asikainen tiesi vanhastaan että hän oli heikkona sellaisiin silmiin. Oli jo melkein aamu kun Leena kysyi jos Asikainen halusi nukkua hänen luonaan ja Asikaisella ei ollut mitään sitä vastaan.

Kului kuukausia ennenkuin Rytkönen antoi kuulua itsestään. Asikainen jatkoi kunnon kohentamista ja tapaili säännöllisesti Leenaa ja oli alkanut jo kehitellä uutta yritysideaa. Nyt Räikkönen puhui nopeasti puhelimessa, hän vaikutti stressaantuneelta.

- Sorry etten ole ottanyt yhteyttä aikaisemmin. Minulla on ollut suuria yhteispohjoismaisia projekteja meneillään ja yhdessä on ollut mukana

Saksalaisia ja Hollantilaisia myös. Nyt on pahin suma takanapäin ja olen jo tilannut Kämpin sitä meidän kokousta varten ja päivämäärä tasan kahden viikon päästä, sopiiko sinulle.

- Tottakai sopii, olin ajatellut mennä Tallinnaan Leenan kanssa kahden viikon päästä mutta me voimme mennä jo viikon päästä, Asikainen vastasi.

- No hyvä, siis perjantaina kahden viikon päästä 13.00 Kämpissä.

- Sopii, pitäisikö meidän tavata ennen sitä, Asikainen kysyi.

- Ei tarvitse itse asian puolesta ja minulla on vieläkin paljon tekemistä ja sinä olet tainnut löytää naisseuraa, onko näin? Vakavaa?

- Olen joo, en tiedä mikä tässä iässä on vakavaa ja mikä ei mutta vaikuttaa siltä että viihdymme tosi hyvin yhdessä.

- Hyvä, nähdään sitten Kämpissä mutta sen tapaamisen jälkeen tarjoan safkat samassa paikassa, niin saadaan valehdella ja polttaa pikkusikareja, sopiiko?

- Jovain, sophii, onko pakko valehdella? Asikainen naureskeli.

- Ylenmääräinen liioittelu voidaan hyväksyä, Rytkönen sanoi vakavalla äänellä.

68

Kämppiin oli kokoontunut noin kolmekymmentä ihmistä. Rytkönen oli odottanut noin viittätoista henkeä, joten heidän täytyi vaihtaa kokoushuonetta. Se järjestyi lopulta ja he pääsivät aloittamaan. Henkilökunta tarjoili kahvia ja hyviä voileipiä, Ciabatta leipää, parmakinkulla, tomaateilla ja mozzarella juustolla täytettynä.

- Tervetuloa kaikki ja kiitos että uhraatte aikaanne tähän. Tulen käymään läpi pääpiirteittään kuinka ajamme yhteiskannetta mutta kovin yksityiskohtaisesti emme voi kertoa strategiaamme, koska tottakai täällä voi olla joku, joka kertoo asiasta vastapuolelle. Enemmänkin pidämme tätä todennäköisenä kuin mahdollisena mutta emme ala leikkiä poliisia, emme usko että saisimme selville mitään. Kysykää jos ette ymmärrä jotain, Rytkönen selvitti.

Hän kävi hyvin yleisesti lävitse pääkohdat ja lopuksi läsnäolijat äänestivät siitä voitiinko se hyväksyä. Yksimielinen päätös oli kyllä. Monet halusivat jutella Rytkösen kanssa kokouksen jälkeen ja hän viittoi Rytköselle ja elekielellä kertoi hänelle että hän menisi edellä Baariin. Hän oli aina pitänyt

Kämpin baarista. Siellä oli rauhallista ja hän yleensä meni sinne lukemaan lehtiä rauhassa, parempi paikka kuin kirjasto. Nyt hän oli kokouksen jälkeen niin täpinöissä että hän otti whiskeyn ja oluen rauhoittaakseen hermojaan. Hän ei pystynyt keskittymään lukemiseen. Hän oli jo toisella kierroksella kun Rytkönen tuli paikalle.

- Moi, nyt ollaan jo lähempänä maalia, olin tosi tyytyväinen että niin moni ilmaantui paikalle tänään, Rytkönen hymyili.

- Niin, varmaan siellä oli ainakin muutama rapportoija mutta sille ei voi mitään. Turha polttaa ruutia siihen, se ei auta asiaa eteenpäin, ymmärrän sen, Asikainen totesi.

- Anna meidän lakimiesten nyt hoitaa tämä. Siellä on kova turvarinki ja vastus tiedossa mutta meitäkin on nyt useampi asianajaja ja niista kaksi ihan huipputekijää. Aika tasaväkinen taisto tulee. Puhutaan mieluummin sinun uudesta naisystävästä, miten te tapasitte, netissä?

Asikainen kertoi mutta oli aika varovainen puheissaan. Hehän olivat juuri tavanneet ja ihmiset olivat niin hanakoita etsimään virheitä toisistaan ja sitten kertomaan etteivät voineet hyväksyä jotain ja lopettivat suhteen. Parempi pitää matalaa profiilia. He juttelivat niitä näitä pikkutunneille saakka ja lähtivät sitten lopettelemaan se aloitettu 24 vuotias whiskey pullo. Miehillä oli yhtä mukavaa kuin viimeksi ja nyt Asikainen voi paremmin, joten he joivat nopeammin ja tulivat todella humalaan. Rytkönen sanoi yhtäkkiä,

- Olet Alpo kunnon mies, olen ylpeä että olet kaverini, sitten välittömästi hän nukahti istualleen. Asikainen käänsi hänet kyljelleen, peitteli ja varmisti vielä että hengitys kulki ja ettei ollut kysymys mistään sairaslohtauksesta. Hän oli vakuuttunut siitä että Rytkönen oli loppuunajettu ja alkoholi sai hänet rentoutumasn ja uni tuli väkisin. Asikaonen laittoi ulko-oven varovasti kiinni ja käveli hienoasa kesäaamun auringossa kotiinsa. Hän käveli hiljaa ja nautti joka askeleesta. Hän ajatteli ettei tästä kauniimpaa voinut olla missään.

Asikainen tapasi Leenan ulkoilmakuppilassa meren rannalla seuraavana päivänä.

- Moi, miten kokous meni eilen? Leena kysyi.

- Hyvin, tuli paljon ihmisiä ja yksimielisesti sovittiin yhteiskanteesta, vai oliko se ryhmäkanne? Sorry, nää juridiset käsitteet menee multa sekaisin mutta noin maallikkona ymmärrän sen että jos haastan ison yrityksen yksin riskeeraan 20 000 euron oikeuskulut jos häviän mutta ryhmänä voimme jakaa kustannukset ja joskus voi isokin yritys joutua vaikeuksiin ja ei kai se ole hyvää mainosta heille jos taistelu jatkuu vuosikausia. Tämä on aika uutta Suomessa mutta asianajaja Rytkönen on nyt erikoistunut näihin, Asikainen selosti.

- Mitäs sanot pitkästä kävelylenkistä ja salaattilounaasta sen jälkeen, Leena kysyi.

- Sopii minulle, Asikainen vastasi

He kävelivät meren rantaa pitkin ja suunnistivat sitten keskustaan. He hakivat salaatin ja Asikainen otti sushiannoksen ja he menivät istumaan penkille lähelle Kappelia.

- Meidän täytyy mennä joskus syömään blinejä Kappeliin, Asikainen totesi.

- Miksei, en ole mitenkään blinifani mutta syön kyllä. Sittenhän blinit on usein tapetilla kun juhlistetaan tai juhlitaan jotain merkkipäivää tai tapahtumaa, joten se on kivaa. Miten se teidän juttu etenee, Leena kysyi.

- Siitä tulee ilmeisesti aikamoinen vääntö. Kestää varmasti kauan, ennenkuin asia on selvä. Nyt on meilläkin varaa venyttää ja lykätä prosessia tarvittaessa ja rahkeet riittävät. Siinä voi käydä jopa niin että L- ryhmä voi joutua sovittelemaan, koska se tulee liian kalliiksi heille. Yritän nyt antaa lakimiesten hoitaa sen. Aion aloittaa oman firman piakkoin, sen mistä kerroin ja keskittyä siihen.

Kirjoitan myös kirjaa tapahtumista. Ehkä se auttaa toipumaan, Asikainen sanoi vakavalla äänellä.

- Se auttaa varmasti, hienoa että päätit kirjoittaa kirjan, todella upeeta, Leena sanoi.

Oikeusprosessi alkoi syksyllä. Asikainen oli paikalla ensimmäisillä kerroilla mutta sitten kun vääntö alkoi juridisella hiusten halkomisella hän jättäytyi pois koko jupakasta. Hän pyysi Rytköstä ilmoittamaan jos jotain järisyttävää tai merkittävää tapahtuisi. Hän kirjoitti kirjaa tapahtumista ja tuntemuksistaan. Joskus hän ihmetteli oliko mitään järkeä uudestaan kokea sitä uskomatonta väsymystä kun 14 tunnin työpäivän jälkeen piti maksaa palkat yöllä ja systeemi ei toiminut, eikä hän ollut varma, että teki kaikki eri tehtävät oikealla tavalla. Kerran hän soitti Helsingin ydinkeskustan vastaavalle ja sanoi ettei hän jaksa tai osaa ja vastaus oli että on jaksettava. Sitten L-ryhmä kumminkin kävi tosi tarkkaan kaikki läpi ja korjasi virheet. Miksi he eivät hoitaneet sitä itse ilman virheitä? Ehkä se oli terapeuttista käydä läpi se frustraatio minkä hän tunsi kun ei voinut vaikuttaa mihinkään. Hän oli yrittäjänä tottunut päättämään kaikesta itse ja nyt kaikki hoidettiin pääkonttorissa, aivan kuin kommunistisessa systeemissä. Kummallista että kommunismi ja yltiökapitalismi ovat niin samanlaisia. Kun hän väsyi väsymistään, treenaaminenkaan ei auttanut. Ensin piti jättää juoksulenkit, sitten salitreenaaminen ja viimeksi myös venyttely ja perustreeni kotona. Loppuviikot hän jaksoi, koska kävi palkintona työpäivän loputtua usein Saludissa syömässä ja juomassa lasin kaksi punaviiniä ja sitten suoraan nukkumaan.

Oman yritysidean rakentelu oli sitäkin mukavampaa. Hän halusi tehdä jotain, missä sai liikkua, olla ulkona ja tuntea itsensä vapaaksi, vaikka olisikin töissä. Hän suunnitteli pyöräretkiä suomalaisille Kroatiassa. Maa oli yhtä kaunis kuin Italia mutta hintataso vain kolmasosa Italian hintatasosta ja turisteja vain murto-osa Italian vastaavasta, oliko se 60 miljoonaa vuosittain Italiassa. Tuttu suomalainen opas kertoi että oli hassua kun hän Vatikaanissa kertoi ryhmälle jostain objektista ja ihmismassa työnsi hänen ryhmänsä kauas pois sen taideteoksen ääreltä, mistä hän kertoi.

Hän halusi myös itse vetää ryhmiä, ainakin osan vuotta. Hän ei halunnut istua puhelimessa aamusta iltaan 11 kuukautta vuodessa. Hän halusi vain ohuen siivun markkinoista, se riittäisi mutta sen saavuttaminen vaatisi paljon työtä

Oikeusprosessi pitkittyi ja Asikainen oli kirjoittanut kirjansa loppuun ja tehnyt piloti pyörämatkan Kroatiassa kun Rytkönen soitti.

74

- Takkin tuli, hävittiin lopulta mutta sellainen harvinainen juttu sattui ettei normaali käytäntö missä hävinnyt maksaa viulut pädekään. Emme joudu korvaamaan vastapuolen oikeudenkäyntikuluja, Rytkönen sanoi

- Mutta eihän se ole mahdollista? Asikainen kysyi.

- Nyt on. Läheltä liippasi ettei voitettu mutta nyt perkele syynaan koko sen paska firman. Kaikilla on luurankonsa ja olen vakuuttunut siitä että varsin tällä puljulla on paljon asioita jotka eivät kestä päivänvaloa. He vakuuttelevat liian paljon korkeasta yritysmoraalista. Heitä ei saa kiinni typeristä muodollisista virheistä mutta nyt mennäänkin pintaa syvemmälle. Minä laitan saatana sellaiset miehet tutkimaan että pyhästä Mariastakin tulisi rikollinen! Soittelen myöhemmin, Rytkönen melkein huusi.

Asikainen jäi vähän hölmistyneenä seisomaan puhelin kädessään. Hän ei ollut nähnyt tai kuullut Rytkösen antavan tunteiden vaikuttaa käyttäytymiseensä aikaisemmin. Asikainen ei tiennyt kuinka suhtautua tilanteeseen mutta päätti sitten unohtaa koko jutun. Heidät oli kutsuttu päivälliselle Leenan tuttujen luo. Hän ei aikonut pilata iltaa puhumalla oikeudenkäynnistä. Eiköhän se ollut tässä, aika siirtyä eteenpäin ja sen hän oli jo tehnyt.

Rytkönen soitti parin viikon päästä tuomiosta.

- Moi, haluaisitko lähteä töihin muutamaksi päiväksi? Rytkönen kysyi.

- Tottakai, mielelläni, Asikainen vastasi.

- Saat täyden palkan ja päivärahat ja kulukorvaukset. Lennot ja hotellit varataan etukäteen. Haluaisin että otat Leenan mukaan, koska on hyvä että on joku joka osaa täydellistä ruotsia ja englantia niin ettei tule väärinkäsityksiä. Leena voi tulkata tarvittaessa ja hän saa myös palkkaa ja kulukorvaukset plus korvauksen menetetyistä palkkatuloista. Niin jos hän pystyy ottamaan vapaata. Ilmoita sihteerilleni piakkoin lähdetkö yksin vai Leenan kanssa. Menette ensin Tukholmaan, sitten Lontooseen. Lontoosta junalla Pariisiin ja sitten kotiin. Mulla on vähän kiire mutta kuullaan. Joo saat kirjallisesti tehtäväselosteen ja jos on ongelmia ota yhteyttä. Et tapaa lakimiehiä, joten kaiken pitäisi sujua mutkattomasti, Rytkönen tykitti kiireisesti.

- OK, kuullaan, Asikainen vastasi hieman pää pyörällä.

Hän soitti heti Leenalle ja kysi voisiko hän ottaa päivän tai kaksi vapaata. Leena lupasi ottaa asiasta selvää ja Asikainen laittoi juoksutossut jalkaan ja lähti pururadalle lenkille. Tuntui hienolta saada palkkaa siitä että saisi matkustaa Leenan kanssa, jos hän nyt saisi vapaata. Jotenkin pani miettimään kuinka rajoitettu vapaus palkkatyöläisellä on. Yrittäjänä unohtuu kuinka vapaa todella on, vaikka itse sitä on itsensä pahin piiskaaja.

Juokseminen alkoi sujua tosi mallikkaasti nyt kun vyötäröltä oli kadonnut muutama kilo?

Leena sai järjestettyä vapaata ja he olivat Helsinki-Vantaan lentokentällä odottamassa Tukholman konetta. He tapaisivat kuusi kaksitoista ketjun edustajan, jolla olisi kuulemma neuvoja kuinka Suomessa voitaisiin kohentaa kaupoiaiden ehtoja. Lisäksi hänellä oli vielä arkaluontoisempaa inside informaatiota. Asikainen oli täpinöissään siitä mitä hä saisi kuulla tänään

Kuulutuksen jälkeen he siirtyivät koneeseen, mikä ei onneksi ollut aivan täysi. He eivät ehtisi syödä lounasta ennen tapaamista, joten Asikainen oli ehdottanut lounastapaamista heidän hotellissa. Sihteeri oli buukannut Grand hotellin ja Asikainen ei tiennyt laadukkaampaa paikkaa Tukholmassa.

- Toivottavasti ehditään käydä suihkussa ennen lounasta, reissussa aina räjjääntyy. Se om kummaa, vaikka on lyhyt matkustusaika niin aina on likainen olo matkan jälkeen, Leena selvitti.

- Eiköhän me ehditä, lento on aikataulussa, enkä usko että Tukholmassa täytyy odottaa laskeutumusvuoroa aamupäivällä tavallisena arkiaamuna, Asikainen sanoi rauhoittavalla äänellä.

He ottivat junan Arlandasta keskustaan ja taksin Grand hotelliin. Heille jäi aikaa valmistautua tapaamiseen kaikessa rauhassa.

- Tehdään sitten niin että autat minua jos tulee ongelmia ja sitten varmistetaan ne tärkeät pointit Erikin informaatiosta. Pyydän sinua käymään ne läpi ruotsiksi vielä kertaalleen. Varmistetaan niin, ettei tule väärinkäsityksiä.

Erik Jansson oli pitkän huiskea, hymyilevä noin nelikymppinen mies. He tulivat hyvin juttuun ja kun oli vaihdettu kuulumiset ja kyselty kuinka matka oli mennyt, ruotsalaiseen tyyliin, päästiin itse asiaan. Moni suomalainen tuskastuu tästä turhasta small talkista mutta Ruotsissa se om tärkeää ja lopputuloksen kannalta on hyvä sopeutua siihen.

- En tiedä onko teille tuttua se, että Ruotsissa nousi niin kova haloo amerikkalaisten elokuvayhtiöiden vaateista, että ne peruuttivat

KAIKKI vaateet Ruotsissa. Yhtiöt keräsivät hyvät rahat Suomessa ja monessa muussa maassa. Eivät suuretkaan yritykset halua suututtaa koko kansakuntaa ja sama tapahtui L- yhtiön kohdalla. Täällä he omistavat muitakin ketjuja, Suomessa vain L- kioskit. Täällä tuli niin kova vastustus kohtuuttomille yhteistyöehdoille, että yhtiö neuvotteli paljon edullisemman sopimuksen kauppiaiden kanssa. Tuomioistuimet eivät myöskään hyväksy täydellistä salassapitopykälää, jos kysymyksessä on asioita jotka eivät ole juridisesti tai moraalisesti korrekteja. Siis erilainen näkemys kuin Suomessa, mihinkä voisitte vedota. Puhun tästä Rytkösen kanssa. Asikainen pyysi Leenaa vielä käymään saman asian ruiotsiksi, ennenkuin he jatkoivat.

He söivät erinomaista lounasta, alkupaloiksi graavattua siikaa ja pääruoaksi red snapster. Jansson sanoi ettei sitä ollut käännetty koskaan ruotsiksi.

Kun he olivat syöneet ja olivat juomassa kahvia Erik Jansson mataloitti äänensä ja vaikutti vaivaantuneelta.

- Tämä mitä kerron nyt on luottamuksellista, ettekä voi kertoa että minä olen kertonut tämän. Emme ole voineet varmistaaedea osia tästä mutta tiedot on peräisin Yrityksen sisältä, siis whistle blower. Mitään dokumentteja ei ole olemassa vielä, odotamme niitä kyllä. Yhtiössä hyvässä asemassa oleva henkilö on kertonut että kirjanpito on vähintään puutteellista. Monet kirjanpito rutiinit ovat hyvin lähellä laitonta toimintaa. Saman lähteen mukaan rahaa poistuu firmasta Bermudaan ja Cayanne saarilke, monimutkaisten operaatioiden kautta. Rahaa kiertätetään ympäri maailmaa ja simsalabim, osa häviää ilman verotusta lakitoimistojen postilastikkofirmoihin. Ilman todisteita emme voi tehdä mitään, emmekä halua että yritys saa tietää että me tiedämne näin paljon. He vain sulkisivat padon tiukemmin, me yritämne saada aikaan pienen särln ja lopulta ehkä jopa totuuden. Mielestämme yritys pitäisi myydä taholle, joka ei tee rikoksia. Jos saamme todisteita voimme ehkä pakottaa yrityksen myymään tai alamme prosessoida heitä vastaan veropetos nimikkeellä. Varmasti siihen tulee muitakin syytteitä, mutta luulemme että yritys taipuu myyntiin jos saamme dokumentot haltuumme. Emme usko että mahdolliset korkeatkaan sakot saavat tätä yritystä muuttamaan policya.

- olipa siinä vähän pureksimista, Asikainen sanoi

- Onko teillä mitään käsitystä kuinja lähellä tai kaukana ajassa dokumenttien saanti on, Asikaiben kysyi.

Hän unohti pyytää Leenaa käymään asian lävitse ruotsiksi. Hän oli aika hämmästynyt, vaikka oli ehkä aavistanut jotain tällaista. Ei hänen tapaus voinut olka uniikki. Yritys laski kylmän rauhallisesti ettei kotirouvilla, työttömillä ja ehkä konkurssin tehnellä entisillä yrittäjiölä ollut varaa lähteä kokeilemaan kuka oli oikeuden mukaan oikeassa tai väärässä.

He kiittelivät Jan Erikssonia ja maksoivat hänen lounaan. Asikainen pyysi vielä saada palata ja varmistaa tarvittaessa joitakin asioita.

Asikainen meni Leenan kanssa Drottningatanille shoppailemaan. Asikainen ei voinut olla ajattelematta paniikkia, kun rekka yritti ajaa mahdollisimman monen ihmisen päälle.

- Haluatko mennä lukemaan lehtiä tunniksi, pariksi, Leena kysyi.

- Joo, laita mut parkkiin jonnekin ja soitat kun alat olla valmis. Eihän meillä ole enää mitään pakkoja tänään. Illallinen Gondolissa mutta siihen on vielä 5 tuntia. Muista että pitää saada kamat koneeseen. En ole koskaan maksanut ylimääräisistä kiloista ja pitää ne johonkin mahtua, Asikainen varoitteli.

- Lupaan hoitaa itse omat laukkuni, älä Alpo huoli, olen iso tyttö, Leena naureskeli.

81

Asikainen parkeerattiin rauhalliseen olupubiin päivän lehtien kanssa ja Leena lähti shoppailemaan. Asikainen yritteli sulatella kuulemaansa. Hän lähetti sähköpostin Rytköselle, missä hän pääpiirteittään selosti tilanteen. Amerikkalaiset ilmeisesti saivat ruotsalaisten avustuksella lukea kaiken Suomesta tulevan sähköpostin mutta ei kai ne joka norjalaista firmaa informoineet, varsinkaan jos mämä tekivät rikoksia?!

Hän ei ollut enää varma mistään.

He menivät illalla Gondoliin syömään. He ottivat Margaritat baarissa pöytää odotellessa ja ihastelivat maisemaa. Ruoka ei ehkä ollut hintansa arvoista mutta se oli hyvää, palvelu ensiluokkaista ja maisema fantastinen. Se oli klassinen ravintola ruotsalaisen filmin historiassa, eikä syyttä.

Oli jo myöhä kun he kävelivät Grandiin kaupungin lävitse. Heillä olisi aikainen lento seuraavana päivänä ja he päättivät jättää Tukholman yöelämän tutkimisen sikseen.

He olivat kentällä hyvissä ajoin. Turvatarkastuksen jälkeen he menivät kirjakauppaan hakemaan matkalukemista. Asikainen osti kirjan modernista retoriikasta ja Leena osti ruotsalaisen dekkarin, miehet jotka vihaavat naisia.

Koneessa oli vähän ihmisiä ja he pystyivät levittämään kirjat ja lehdet ympärilleen ja lukemaan kaikessa rauhassa.

Heathrowin kentällä Asikainen oli jo menossa Metroon, kun Leena huomautti että heillä oli liput suoraan yhteyteen lontoon keskustaan.

- Hienoa, metro on aina tupaten täynnä ja Piccadilly line on Lontoon vanhin ja vaunut siinä kunnossa että helpolla uskoo sen olevan vanhin linja. Viimeksi menin sillä pari vuotta sitten kesällä ja meinasin tukehtua. Mitähän Lontoon asukkaat ajattelevat turisteista, hehän joutuvat käyttämään sitä päivittäin, Asikainen ihmetteli.

Heidän hotelli oli Piccadilly Circusen lähellä. He vaihtoivat vaatteet ja menivät kävelemään ulos. Heillä oli kolme tuntia aikaa tapaamiseen. He

83

jakoivat annoksen fish and chipsejä puistonpen-
killä ja katselivat turisteja ja paikallisia.

Tapaaminen oli heidän hotellin baarissa ja he tila-
sivat kahvia ja pikkuleipiä ja varmuuden vuoksi
teetä kokouksen alkamisajankohtaan.

Alan Bradford oli vanttera mies, voimakkaan
näköiset lasit ja hieman punertava iho.

Alan kertoi Englannin tilanteen ja täällä oli ai-
kalailla eri tilanne. Lakimiehet olivat vielä kalliim-
pia kuin Suomessa ja vaikutti siltä että vain
rikkailla oli varaa mennä oikeusistuimeen. Lisäksi
lain soveltaminen oli enemmän peliä kuin pohjo-
ismaissa, sitä piti pelata hyvin. Mitään uutta ei il-
mennyt keskusteluista kuin se että yh-
teis/ryhmäkanteet oli vakiintunut käytäntö
Englannissa. Ehkä Rytkönen voisi saada vinkkejä
itse oikeusprosessiin. Alan kertoi olevansa valmis
auttamaan kaikin tavoin ja tekemään tarvittaessa
yhteistyötä.

He vaihtoivat yhteystietojaan ja kättelivät ja työ oli
tehty.

- Vähän pettynyt olo. Ruotsissa tuli niin paljon
uutta matskua, että luulin että se vaan jatkuu, Asi-
kainen sanoi.

- Eihän se niin voi jatkua, sitäpaitsi meillä on Ranska jäljellä. Ehkä sieltä saadaan järisyttävää tietoa, Leena hymyili.

He menivät syömään myöhään ja koska heidän ei tarvinnut nousta aikaisin seuraavana päivänä, he kävelivät ja nauttivat Lontoon illasta ja yöstä pikkutunneille saakka. Asikainen alkoi olla tosissaan rakastunut Leenaan. Hän alkoi menettää mielenkiintoaan koko riita-asiaan. Jos katastrofi johti siihen, että hän tapasi elämänsä naisen, niin oliko se katastrofi? Uusi alkuhan se oli. Asikainen uskoi pystyvänsä vielä saamaan yrityksensä kannattavaksi, mitä se ei vielä ollut. Hän ajatteli myös, että hän tekisi jotain ihan muuta tarvittaessa, kaikki järjestyisi. Hän oli niin pettynyt parisuhteissaan viime vuosina, että hän tarvitsi aikaa luottaakseen suhteeseen. Leenan kanssa tuntui aina vaan paremmalta. Hän ei ollut kokenut selkaista aikaisemmin.

Seuraavana päivän iltapäivällä he olivat menossa St Pancrass asemalle mistä Eurostar lähtee Pariisiin. Molemmat olivat lukeneet kuinka St Prancrass asemaan oli investoitu julman paljon rahaa ja Asikainen oli tosi innostunut myös itse junamatkasta.

-Ajatteles Leena, kun me olemne Pariisin ydinkeskustassa, niin lentomatkustajat vasta odottavat koneeseen pääsyä, vain kaksi tuntia viisitoista minuuttia keskustasta keskustaan, Asikainen hehkutti.

- Mutta tosi kallista, Leena sanoi.

- Nyt voidaan nauttia kun työnantaja maksaa. Olen halunnut tehdä tämän matkan monta vuotta ja se on ympäristöystävällisin vaihtoehto. Lennot ja bussimatkat saastuttavat tosi paljon, Asikainen selitti innostuneena.

Lontoon asema oli todella vaikuttava, he kiertelivät kaikessa rauhassa sitä, koska heillä oli jo liput junaan. Junan lähdettyä Asikainen vain nautti. Hän ei voinut keskittyä päivänlehtiin, eikä kirjaan mitä hän oli lukemassa. Meren alla Asikainen tunsi pientä paniikkia, kun hän alkoi ajattelemaan mitä tapahtuisi jos jokin menisi vikaan. Hänen täytyi väkisin työntää se ajatus pois ja hän onnistui. He saapuivat Gare de Nordin asemalle noin tunnin ja viidentoista minuutin matkan jälkeen, aivan kuten oli luvattu.

He kävelivät valtaisan rakennuksen lävitse ja ottivat taksin hotelliin. Heillä oli tapaaminen vasta seuraavana aamuna, joten heillä olisi iltapäivä ja ilta aikaa tutustua kaupunkiin. Leenalle kaupunki oli tuttu, hän oli opiskellut siellä vuoden ja vieraillut säännöllisesti usean vuoden ajan kaupungissa.

86

- Ei kukaan tunne koko kaupunkia, ihmiset menevät töihin ja tekevät samoja asioita joka päivä, samoissa paikoissa. Edit Piaf ei ollut ennen aikuisikää ollut koskaan täällä Pariisin keskustassa. Eiköhän se kerro jotain siitä kuinka ihmiset elävät. Vain turistit poukkoilevat uteliaasti sinne sun tänne, Leena kertoi.

- Joo, minä olen ollut aina sitä mieltä, että omassa kaupungissa pitäisi aina silloin tällöin leikkiä turistia. Olla utelias ja nähdä ja kokea jotain aivan uutta! Asikainen julisti.

Heillä oli toinen fantastinen ilta. He kävivät Charles Pompidou rakennuksessa katsomassa näyttelyn, josta Leena oli kiinnostunut ja vaeltelivat sen jälkeen Seinen rantaa pitkin ja päätyivät Montparnassen alueelle, missä suomalaiset taiteilijat ja kirjailijatkin olivat eläneet yli sata vuotta sitten. He söivät halvan päivällisen ilmeisesti opiskelijoiden ja taiteilijoiden suosimassa paikassa. Tarjolla oli vain yksi kolmen ruokalajin menyy ja karahvi viiniä ilmestyi pöytään tilaamatta.

- Tästä minä tykkään, Asikainen sanoi

- Aina kun on vähän vaihtoehtoja ruoka on erinomaista ja edullista! Niin ja tunnelma on välitön ja meluisa mutta viihtyisä, tää on hienoo, Asikainen ihasteli.

Ruoka oli hyvää ja he päättivät juoda kahvit jossain muussa paikassa. He vaeltelivat ja pysähtyivät joskus lasilliselle ja näin ilta kului mukavasti. Leena kertoi tuntemistaan paikoista. He olisivat halunneet olla valveilla koko yön mutta aikainen kokous sai heidät päättämään palata takaisin hotelliin jo ennen puolta yötä. Heti kokouksen alettua kävi ilmi että Ranskassa on paljon kovempi asenne työnantajia kohtaan. Konflikteja ei pelätä ja lakkoasetta käytetään ilman että otetaan huomioon kuka kärsii ja miten paljon. Asikainen ajatteli että sellaisen vaikutelman hän ainakin sai ja se oli vaihteeksi tervettä kuulla miten ihmiset reagoivat myös tunteilla.

Itse asiaan he eivät saaneet paljon enempää tietoa mutta vakuudet siitä että Ranskan organisaatio tukisi heitä myös menemällä lakkoon, jos se auttaisi pohjoismaita.

He pitivät molemmat Pierrestä ja menivät hänen kanssaan vielä terassille juomaan viiniä. Pierre oli sitä mieltä että koko konserni pitäisi myydä ja ja saada puikkoihin joku, joka välittää mitä ihmisille tapahtuu organisaatiossa. Kohtuuehdot olisivat välttämättömiä ja kiireellisiä mutta myös asenne muutos oli Pierren mukaan pakollinen. Kuka haluaa antaa parhaan työpanoksensa jos siitä ei välitetä, eikä sitä osata hyödyntää?

- Kiitos Pierre ajastasi ja mielipiteistäsi, kerron ne eteenpäin. Meidän täytyy nyt mennä pakkaamaan laukut ja lähteä lentokentälle, Asikainen selitti.

Pierre onneksi tyytyi kättelemään, Asikaista jännitti aina poskisuudelmat, kummalta puolelta piti aloittaa? Usein tuloksena oli yhteentörmäys, mikä oli piinallista.

He kiiruhtivat Charles de Gaulle kentälle. Aika oli mennyt siivillä Pierren kanssa ja nyt heillä oli kiire. He lähtivät metrolla väärään suuntaan ja päättivät ottaa taksin, joten he ehtivät hyvissä ajoin kentälle. Koneessa Asikainen kirjoitti vielä yhteenvedon Pierren kanssa käydyistä keskusteluista. Asikaisen ajatteli, että yrityksen myynti vastuullisemmalle firmalle oli mielenkiintoinen mielipide. Oliko niitä vastuullisia enää. Ehkä vastuullisia osakkeiden omistajia kohtaan mutta työntekijöitä ja muita kohtaan? Oliko se jo mennyttä aikaa, hän ei tiennyt.

Rytkönen istui valtaisan kirjoituspöytänsä takana ja totesi,

- olet tehnyt hyvää työtä ja nämä yhteenvedot ovat loistavia. Se on hyvä homma, sillä Kivinen on poissa kuvioista ainakin puoli vuotta. Hän menee L-ketjun pääkonttoriin kirjanpitohommiin ja saa toivottavasti käsiinsä materiaalia, mitä voimme käyttää. Minulla on myös asiakas, jota olen auttanut paljon ja hän tekee silloin tällöin vapaaehtoistyötä meille. Hän on hakenut Norjan pääkonttoriin, pääkallonpaikalle, myös kirjanpitotöihin ja saa sen varmasti. Norjassa on kova pula työntekijöistä tietyillä aloilla. Saataspa mekin sellaiset ajat! Voitko tehdä minulle töitä ainakin puoli vuotta?

- Tottakai, minusta se on tosi mielenkiintoista ja kehittävää. Oma firma ei ole lähtenyt pyörimään kunnolla vielä, joten on todella hyvä sauma saada palkkatyö. Kaipaan myös järkevää tekemistä ja haasteita. Luullakseni levon ja palautumisen aika on ohi, Asikainen selitti.

- Hienoa, sihteerini lähettää materiaalin sinun täytyy lukea ensi viikon keikkoja varten ja hän lähettää myös tarvittavat liput ja varaukset. Liisa hoitaa sen puolen, joten jos tulee ongelmia käänny hänen puoleensa. Voisit ehkä käydä juttelemassa hänen kanssaan ennenkuin lähdet täältä. Saat myös työläppärin ja puhelimen mukaan, Rytkönen sanoi.

Asikainen kävi Liisan kanssa juttusilla ja he sopivat käytännön asiat, kuten mitä tehdä pulmatilanteissa konttoriajan ulkopuolella. Liisa ei ollut käytettävissä silloin mutta Asikaisella oli oikeus käyttää lakitoimiston varoja niissä tapauksissa, tositeet piti vaan muistaa ottaa talteen. Kuittien säilyttäminen oli rutiinia Asikaiselle yksityisyrittäjänä.

Hän oli todella tyytyväinen, hän voisi säästää paljon rahaa ja hän voisi matkustaa Maldiiveille Leenan kanssa, mistä he olivat yhdessä unelmoineet.

Hän kävi ostamassa kukkia ja sampanjaa ja päätti yllättää Leenan.

Matkustaminen menetti pian hohtonsa ja Asikainen alkoi inhota kentokenttiä. Itse työ oli mielenkiintoista, niinkuin myös erilaisten ihmisten tapaaminen, usein hyvin erilaisissa ympäristöissä myös. Hän yritti opetella työskentelemään keskittyneesti lentokentillä, se auttoi. Aika kului nopeasti ja vielä hyvin muistissa olevat asiat tulivat dokumentoitua kerralla, eikä hänen tarvinnut kuin tarkistaa teksti kotona. Jos aikaa oli todella paljon hän kävi salilla. Monella lentokentällä on hotelli, jossa on sali ja sinne voi myös usein päästä vaikkei olisikaan hotellin asiakas. Hän olisi halunnut olla enemmän Leenan kanssa, jakaa arjen ja juhlan. He tapasivat etupäässä viikonloppuina. Toisaalta he eivät ehtineet kyllästyä toisiinaa mutta jotenkin tuntui siltä ettei suhdetta voi rakentaa sampanjalle, taidenäyttelyille, teatterille ja hyvälle ruoalle. Asikainen ymmärsi että kuulosti absurdilta valittaa tästä mutta hän halusi jakaa elämänsä Leenan kanssa. Ei vain tähtihetkiä. Hieman liioitellun rumasti sanottuna hänhän voisi ostaa naisen näitä huippuhetkiä varten. Hän halusi jakaa tylsät ja ikävät hetket myös. Aallonpohjat mukaanlukien, vaikka hän tiesi ettei henkilökohtaiset kriisit välttämättä olleet hyviä parisuhteelle. Hän muisti kuinka hänen pomonsa kertoi kuinka yhden talouskriisin jälkeen superrikkaat menettivät osan omaisuuttaan. Vaimot eivät usein hyväksyneet sosiaalista arvonlaskua, vaikka rahaa ja omaisuutta oli vielä enemmän kuin useimmilla muilla. Hänen esimies oli ollut pankkiryhmän jäsen, joka yritti pelastaa osan näiden ihmisten omaisuudesta, oikeastaan yrityksistä ja saada heidät aktiiveiksi. Kolmannen itsemurham jälkeen hänen pomonsa ei jaksanut enää. Eniten hän ihmetteli sitä kuinka etage huoneistossa asuva voi tappaa itsensä rahan takia. Huoneisto jää vain haaveeksi suurimmalle osalle ihmiskuntaa mutta se ei riittänyt tälle miehelle tai hänen vaimolleen.

Hän oli keskustellut Leenan kanssa asiasta ja molemmat olivat sitä mieltä että vuosi tai kaksi olisi ok keikkahommissa mutta sitten olisi vaikka työttömyys parempi vaihtoehto. Heillä ei ollut enää loputtomasti aikaa hukattavaksi kuten nuorena. Täytyi valita halusiko elää nyt vai seuraavassa elämässä, jos sellaiseen uskoi. Asikainen ja Leena eivät uskoneet. Tottakai työ oli tärkeä asia mutta he pärjäisivät ilman Asikaisen korvauksia tai työtä, varsinkin jos he muuttaisivat yhteen. Asikainen empi vielä. Hän ei halunnut muuttaa yhteen vain taloudellisista syistä. Hänellä oli huonoja kokemuksia siitä että toinen muuttaisi valmiiseen kotiin. Paras vaihtoehto olisi hankkia jotain yhdessä mutta Leena ei halunnut luopua asunnostaan. Asikainen oli myös huomannut, että hänen

suhtautuminen oli muuttunut L- ketjun pet-
kutuksen suhteen. Joka kerta kun hän ajatteli ta-
pahtumia tai henkilöitä, hän halusi kostaa. Hänen
ajatukset olivat aika murhanhimoisia ja pelästytti-
vät hieman Asikaista. Työtehtävät pitivät huolen
siitä etteivät ajatukset alkaneet liikaa pyöriä
negstiivisissä merkeissä.

Kului melkein 8 kuukautta ennenkuin Rytkönen soitti.

- Nyt minulla on paljon uutisia ja nyt täytyy tehdä paljon päätöksiä. Nähdään perjantaina irkkubaarissa. Minun täytyy saada relata vähän ja emme ole tavanneet aikoihin. Sitä ne naiset tekevät, pilaavat monet hyvät ryyppykaverit.

- Taitaa sinun työ olla pahempi kilpailija ryyppäämistä ajatellen. Joo, tavataan vaan, valehdellaan ja poltetaan pikkusikareja. Minulla on niitä neljää eri merkkiä. Kävin sellaisilla sikarin maistelu juhlilla, vai miksi niitä sanotaan? Tuttu kauppias otti minut mukaan. Drinkkejä ilmaiseksi vaikka kuinka ja paikja oli mukava, valittu ilmeisesti joku vuosi parhaakai drinkkibaariksi, Asikainen selitti.

- OK, nähdään perjantaina, Rytkönen lopetti keskustelun.

He tapasivat perjantaina ja päivittivät tilannetta yksityiselämän suhteen ensin, ennenkui Rytkönen aloitti kertomaan.

- tilanne on nyt seuraavanlainen, molemmat bulvaanit ovat löytäneet systemaattista lain kirjaimen venyttämistä ja kyllä ylilyöntejäkin löytyy vaikka kuinka. Olemme juuri laskemassa kuinka paljon he ovat kusettaneet kauppiaita viimeisen viiden vioden aikana ja kuinka paljon rahaa on sijoitettu verottajalta piiloon. Meidän ongelma on se, että jälkeen kerran on vaikea osoittaa toteen että on kysymys rikoksista. Sitä vaikeuttaa vielä se tapa, jolla olemme saaneet tietoomme väärinkäytökset. Jos se lohduttaa sinua niin olet vain yksi monista, joita on petkutettu monella eri tavalla. Se on sisäänrakennettu systeemiin ja sitä on joka maassa, Suomen johtoryhmä ei siis ole mikään poikkeus vaan ihan normaali tässä yrityskulttuurissa, missä paradoksaalisesti puhutaan poikkeullisen paljon korkeasta yritysmoraalista ja kulttuurista. Tekisi mieli sanoa klisee siitä puhe mistä puute.

Minulla on vaihtoehtoinen suunnitelma mutta tarvitsen hyväksynnän kaikilta, jotka ovat mukana tässä, Rytkönen selvitti.

96

- OK, anna kuulua, Asikainen sanoi.

- Tässä tullaan menemään vähän heikolle jäälle
mutta järjestämme sopimukset kaikilta niin, et-
teivät voi haastaa meitä oikeuteen, vaan päin-
vastoin. Sen lisäksi annan muutamalle asianajotoi-
mistolle kaikki kirjalliset todisteemme. Jos tulee
ongelmia tai asianpsaiset eivät pitäydy allekirjoit-
tamiinsa sopimuksiin, niin puhelinsoitto tai meili
riittää ja todistusaineisto lähetetään syyttäjälle.

Rytkönen kävi läpi suunnitelmam pääpiirteittään.
Aluksi Asikainen vain haukkoi henkeään ja ajatteli
että Rytkönen on seonnut aivan täysin. Sitten hän
alkoi aavistaa kuinka älykkäästi koko suunnitelma
oli rakennettu ja miten kulaan ei oikeastaan tulisi
menettämään koko omaisuuttaan kuten hän oli
menettänyt. Hetken hän katkerana ajatteli, että
miksi he päästäisivät roistot niin helpolla. Ryt-
könen painotti juuri tätä kohtuutta. Se takaisi ettei
kukaan aloittaiai kostoretkeä. Vendetta olisi pa-
hinta mitä voisi tapahtua. Asia pitäisi saada kerr-
alla päätökseen ja niin ettei kumpikaan osapu-
olista edes ajattelisi kostoa.

Rytkönen ja Asikainen päättivät vihkoä asiaan vain
ne, jotka olivat varmasti heidän puolellaan. Koko
suunnitelma luhistuisi jos vastapuoli saisi tietää
heidän suunnitelmansa.

He tapasivat ydinjoukon jälleen Kämpissä ja tun-
nelma oli odottava ja jännittynyt.

Rytkönen koputti puheenjohtajan nuijalla pöytään
ja sai seurakunnan vaikenemaan.

- Minä tulen nyt esittelemään kolme eri
vaihtoehtoa, jonka jälkeen äänestämme minkä
vaihtoehdon valitsemme.

Olemme siis saaneet inside information L-ketjun
systemaattisista väärinkäytöksistä tai rikoksista.
Ensiksu verojen kierto. Rahoja on lähetelty pitkin
maailmaa ja taiottu pois. Osa on mennyt Sveitsiin,
osa Bahamasaarille postilaatikkoyrityksiin ja osa
on pikku hiljaa saatu verottomaksi eri toimen-
pitein. Uskon että rikoksen täyttävät kriteerit
löytyvät mutta prosessi kestäisi monta vuotta ja te
ette saisi rahojanne takaisin, valtio kyllä ottaisi
omansa. Tietysti firma riskeeraisi maineensa mo-
nen vuoden riita-asiassa mutta lopputuloskaan ei
olisi aivan varma. Sitten on puhtaita kirjanpito-
rikoksia joita lakiniehetkään euvät voi häivyttää.
Tosin niistä voidaan syyttää yksittäusiä työtekijöitä
mutta kyllä firma käryää tästä. Sitten teidän saata-
vat ja ehdot. Tämä on epävarmin kortti. Jälkeen
kerran, ehkä yritys tuhoaa maineensa pitkälli-
sisissä oikeudenkäynneissä omia työntekijöitään
vastaan mutta jäätte ilmeisesti korvauksitta. Toi-
nen mahdollisuus on vuotaa tiedot legdille ja

muulle medialle. Yritys tulee kärsimään enemmän mutta te jäätte melkein varmasti ilman korvauksia. Kolmas vaihtoehto voi johtaa siihen että saatte korvaukset korkojen kera ja että yritys myydään todellisille yrittäjille, jolloin työ firmassa tulisi myös kohtuulliseksi ja kannattavaksi. Ongelmana on että tämä kolmas vaihtoehto vaatii meiltä otteita, jotka eivät ole kauniita, eikä laillisiakaan. Tosin mitään jälkiseuraukaia ei ole odotettavissa. Siitä pidän minä huolen ja saatte kirjallisena kaikilta asiaomaislta vakuudet tästä, ihan kuten te kirjoititte alle sopimuksenne ja salassapitosopimukset. Rytköben kävi lyhyesti läpi menettelytavan ja äänestyksessä kaikki hyväksyivät suunnitelman. Se pantaisiin välittömästi käytäntöön ja he tapaisivat uudestaan Kämpissä kahden viikon kuluttua, tällä kertaa Norjan ja Suomen johtoporras olisi mukana kokouksessa.

Asikainen ja Rytkönen odottivat yksityistä suihkukonetta Norjasta. Ylin johtoporras tulisi yhtiön omalla koneella. Monet suuret yritykset käyttävät omia tai osaksi omistettuja koneita. Aikasäästö on niin huomattava, verrattuna reittilentoihin, että monet yritykset laskevat oman koneen olevan kannattavan. Omistajatham voivat asettaa myös oman mukavuuden etusijalle mutta aika monet yhtiön työntekijöistä käyttävät konetta.

He näkivät kuinka norjalaiskone asettui laskukiitoon ja teki täydellisen laskun kentälle.

- Aivan yhtä hyvä lasku kuin Finnairin pojilla, onkohan siellä meilläisiä puikoissa, Rytkönen ihasteli.

Vieraat kävelivät vain suoraan sisään. Liikemiesren tapaam heillä ei ollut matkalaukkuja mukana. He olivat pian matkalla Helsingin keskustaan ja Kämppiin. Lyhyt kädenpuristus ja tervehdys oli ainoa mitä koko matkan aikana sanottiin. Johto tiesi niin paljon vaikeuksista, että suosti tulemaan Suomeen. He eivät olleet Suomessa mielellään.

Kämpissä Rytkönen kertoi eri vaihtoehdoista mitkä olivat mahdollisia johtoryhmälle.

- Meillä on myös sellainen tarjois teille, mikä takaisi korvaukset kauppiaille mutta teille jäisi yksityistä omaisuutta yllin kyllin ja vielä enemmän kun yritys myydään markkinahintaan. Lisäksi kukaan ei ole väittänyt että te olisitte laiskoja, pystytte kasvattamaan omaisuuttanne vielä niin paljon kuin haluatte. Tämä vaihtoehto tarkoittaa siis yeityksen myyntiä ja että Helsingin ja Norjan ylin johto, tai näihin väärinkäytöksiin syyllistyneet, saavat viettää vuoden Albaniassa ilman EU passia. Allekurjoitatte salassapitosopimuksen loppuiäksenne ja myös muita sovia sopimuksia, myyntisopimuksen lisäksi.

Alkoi melkoinen mekkala kun johtajat ja ylimmät toimihenkilöt kuulivat tämän.

-Uskon että osa teistä jää tekemään rahaa Albaniaan, se on maailman köyhimpiä maita ja se on teille petokaloille mahdollinen markkina, mitä voitte hyödyntää.

- Koko johtoryhmä alkoi protestoimaan. Suurin norjalainen omistaja totesi,

- Tämä nyt jää sitten tähän, lähdemme takaisin Norjaan ja saatte saatana tehdä mitä helvettiä lystäätte täällä Suomessa.

- No, meillä oli hienoinen aavistus siitä että tarvittaisiin hieman taivuttelua, ennenkuin suostuisitte meidän ehtoihin. Me siirrämme teidät nyt maalle miettimään tekojanne. Siellä on ainoana lukemisena kaikkien niiden paperit, joita olette huijanneet. Haluamne että luette ne ja uskon että luette, koska aika tulee pitkäksi teille toiminnan ihmisille.

Johtoryhmän jäsenet eivät pystyneet enää protestoimaan, he olivat saaneet niin tiukan lääkityksen että he alkoivat nukahdella. Sisään tuli ambulanssihenkilökuntaa ja kantoi koko johtoryhmän odottaviin ambulansseihin ja ne lähtivät sireenit päällä Mannerheimintietä kohti.

- Mitä luulet että tapahtuu? Rytkönen kysyi huolestuneena.

- Ei juuri mitään viikon aikana. Olemme informoineet kaikkia läheisiä. Tarina on sellainen että amerikkalaisen ketjun arvioiminen vaatii heidän läsnäoloaan USA:ssa. Kaiken lisäksi amerikkalaisilla on kiire joten he priotisoivat matkaa Jenkkilään ja se voisi kestää yli kuukauden. Tarinaan kuuluu se että he liikkuisivat paljon maaseudella, ehkä ilman nettiyhteyttä, joten he lupasivat vain kertoa kerran viikossa lyhyet kuuluniset, että kaikki on hyvin.

- OK, hyvin ajateltu, en voinut ymmärtää miten niin monta ihmistä voisi hävitä yhtäkkiä, Asikainen sanoi.

- Niin, muista myös että nämä johtoportaan ihmiset ovat panostaneet kaikkensa uraansa. Häikäilemättömästi tarvittaessa. He eivät ole koskaan olleet kotona sairaan lapsen tai puolison takia. He ovat aina olleet poissa. Heille tapahtuu nyt pahin mahdollinen asia, he eivät saa tehdä mitään. He eivät voi tehdä mitään. Majoituspaikassa on vain paljast seinät ja sitten raportit heidän firman eri väärinkäytöksistä. Ensimmäiset muttuvat jo viikon päästä ja ehkä lapsia tulee ilävä kun he eivät voi tavata heitä? Rytkönen tuumaili.

- OK, mutta miksi he suostuisivat lähtemään maailman köyhimpään maahan vuodeksi ilman passia? Asikainen ihmetteli.

- Tämä porukka on suorittajia ja he pystyvät liomaan hyvän elämän missä vain, varsinkin kun he osaavat manipuloida ja hyväksikäyttää ihmisiä, systeemiä jne. Olen valuuttunut siitä että moni valitsee jäädä asumaan sinne pysyvästi, koska maa on vielä netseellistä maaperää koville liikemiehille ja naisille. Kun he saavat passinsa ja tilinsä käyttöön vioden päästä, he ovat vapaita tulemaan Suomeen mutta uskon että moni käy täällä vain vierailemassa. He tulevat tekemään uskomattomia omaisuuksia Albaniassa. Siellä on myös helppo ostaa väkivaltaisia palveluita. Meidän täytyy saada heidät vakuuttunaan siitä että se maksaisi heille liikaa, Rytkönen selitti innokkaasti.

Viikon kuluttua Rytkönen soitti ja kertoi että ensimmäinen johtoportaan jäsen oli valmis hyväksymään ehdot. He menivät tapaamaan helsinkiläistä naista koko tiloihin, joihin ryhmä oli sijoitettu. He hakivat naisen ja muu ryhmä uhkaili ja vannoi hirvittävää kostoa ja mellakka oli aivan uskomaton. Se päätyi käsitysyyn mutta kolme nuorta, lihaksikasta vartijaa pystyivät aika helposti torjumaan konttori-ihmisten hyökkäykset. Ketään ei tarvinnut edes satuttaa mutta meteli oli kova.

He ajoivat naisen Stefans steakhouseen ja kertoivat että hän saisi tilata mitä vaan. He ottivat kaikki aperitiivit ja viiden eri ruokalajin maistelumenuun. He tilasivat hyvää skumppaa ja sitten ne juomiset, jotka ravintola oli valinnut eri ruokalajeille.

- Tämä on ihan taivaallista, en ole koskaan kokenut tällaista viikkoa. Ymmärrän etä tämä on ironistakun olen itse syönyt täällä kauppiaiden kanssa. Sopimuksetan kirjoitettiin usein täällä, päivällisen jälkeen. Nyt kyllä vain nautin, nainen selitti.

He söivät ja joivat neljä tuntia ja juttelivat kevyesti neutraaleista aiheista. Kun jälkiruoat, juustot ja kahvit konjakkeineen oli juotu, Rytkönen aloitti sevittämään mitä kaikkea naisen pitäisi allekirjoittaa.

- Olet tutustunut jo sopimuksiin mutta käyn ne vielä läpi. Haluamme että todella ymmärrät mihin olet ryhtymässä. Salassapitosopimua on tärkeä, siksi se on niin yksityiskohtainen. Jos sinä, tai joku muu teistä rikkoo sen niin eri lakitoimistoista lähtee aineisto syyttäjille, poliisille ja tietyille lakimiehille. Sama tapahtuu jos joudunme onnettomuuden kohteeksi. Saatte siis toivoa ettemme vahingossa kävele ratikan alle. Sitten meillä on erityisvarotoimi siltä varalta, että joku teistä haluaisi kostaa. Jos meille tapahtuu jotain, niin sama tapahtuu teidän läheiselle ihmiselle ja samalla teidät kaikki etsitään ammattilaisten toumesta ja, meidän ei kai tätä sanoa ääneen. Ikävä kyllä meidän on pakko toimia näin. Uskon että kaikki toimii hyvin. Sitten tililtäsi maksetaan korvauksia kauppiaille mutta sinulle jää tavallista paljon suurempi omaisuus, jonka saat vioden kuluttua käyttöösi, niinkui myös passisi. Sinulla jää lapset tänbe mutta mitä olemme kuulleet, et ole ehtinyt viettää aikaa heidän kanssaan. Tämän vuoden aikana ehkä kirjastuu sekin asia, haluatko panostaa lapsiisi vai uraasi. Teillä on vapaat kädet ansaita rahaa Albaniassa ja uskon että suurin osa teistä tulee ansaitaemaan paljon rahaa siellä. Albaniassa ei ole paljon rajoituksia, joten teidän ei tarvitse edes rikkoa lakia, oletko ymmärtänyt kaiken, Rytkönen kysyi.

- Kyllä, nainen vastasi.

- Hyvä, kone lähtee huomenna 12.00, olisitko ystävällinen ja antaisit passisi minulle.

Rytkönen otti passin ja ojensi naiselle rahaa, yhtä paljon suhteessa maan valuuttaan mitä maahanmuuttaja saisi, myös vuokrarahat kohtuullisen siistiin asuntoon. He kättelivät ja ajoivat naisen hänen kotiinsa. Asikainen ihmetteli, mitä ihmettä hän kertoisi perheelleen?

105

Seuraava yhteydenotto tuli kolmen päivän päästä. Suomen entinen johtajan norjalainen mies halusi ulos, oli kuulemma paniikkihäiriöitä.

- Haetaan norrmanni ja yritän vedota muun porukan järkeen vielä kerran. Jos se ei toimi niin annetaan sellainen ukaasi että seuraava mahdollisuus on sitten vasta kuukauden päästä, halusivatko aikaisemmin pois rai eivät, Rytkönen myhäili.

He ajoivat Porvooseen ja kääntyivät pohjoista kohti, missä Rytkösen ostama tila sijaitsi. Vieraat olivat sijoitettu ampumahalliin, jossa ei ollut koskaan ollut paljon ärsykkeitä ja ne vähätkin oli poimittu pois. Nyt olivat vain hyvin äänieristetyt, harmaat, kalseat seinät. Ruoka tarjoiltiin seinässä olevasta luukusta, eivätkä he päässeet ulos, eikä vartijoiden kanssa ollut mitään kontaktia.

Heitä jännitti vähän nähdä missä kunnossa ihmiset olisivat. Hirvittävä mekkala alkoi välittömästi kun he astuivat sisään. Nyt alkoi jo orastava hulluus kiilua joidenkin silmissä.

- Hyvät ihmiset, meillä on tuliaisia. Suklaapatukoita, jos suostutte kuuntelemaan minua, Rytkönen sanoi.

Ruokavalio oli ollut hyvin yksipuolinen ja niukka. Dietisti oli tarkistanut määrät ja mitään puutostaureja ei ollut pelättävissä mutta Rytkönen ja Asikainen eivät olisi halunneet syödä moista. Ihmiset ottivat ahneesti suklaapatukoita ja jäivät odottamaan mitä Rytkösellä olisi asiaa. Leuat jauhoivat ahnaasti suklaapatukat sokerimössöksi, mikä maistui taivaalliselta 10 päivän paaston jälkeen.

- Vetoan vielä kerran järkeenne. Teille jää huikeat omaisuudet kaikille. Kysymys on vain vuodesta ja saatte alkaa touhuta heti. Suklaapatukoitakin on kosolti repussa, minkä saatte, tehän osaatte myydä niitä paremmin kuin kukaan muu. Ottakaa se kokemuksena ja mahdollisuutena rikastua lisää ja kasvattaa omaisuutta. Asia on nyt niin että tämä ikkuna sulkeutuu neljän päivän päästä ja pidämme teidät kuukauden täällä ja sinä aikana ei enää ole mahdollisuutta valita lähteä, Asikainen sanoi.

- Voitte pitää itseänne kuolleina henkilöinä, yksi norjalainen johtaja uhosi.

- No, kun kerran aloitte uhkailemaan, niin kerron teille mitä tapahtuu jos rikotte salassapitosopimuksen tai muita sopimuksia mitä ette ole tosin vielä allekirjoittaneet, Rytkönen sanoi kiivaasti.

Rytklnen kertoi mitä tapahtuisi ja sen jälkeen he lähtivät entisen Suomen pääjohtajan kanssa Stefan's Steakhouseen.

Pääjohtaja kertoi että hänen vaimonsa oli vaatinut saada avioeron ja hänen tyttäreensä hänellä ei ollut enää kontaktia, niin hän voisi aivan hyvin seikkailla vuoden. Hän vaikutti melkein onnelliselta saadessaan muuttaa elämänsä suuntaa. Nyt se sattui vain enemmän pakosta kuin vapaaehtoisesti. Tosin hänen omat teot olivat vaikuttaneet siihen. He söivät tällä kertaa kahdeksan ruokalajin maistelumenuun ja olivat aika tuiterissa kun he lähtivät suoraan lentokentälle. He lensivät yhtiön suihkukoneella Albaniaan, antoivat ohjeet

108

pääjohtajalle matkan aikana. Rytkönen antoi selkärepun miehelle.

- Löydät sieltä teidän maan mainioita suklaapatukoita. Spriikeitin, makuupussi ja kuivaa muonaa kahdeksi viikoksi ja rahaa kuukaudeksi asuntoon ja ruokaan. Oliko kysymyksiä? Rytkönen kysyi.

- Ei ole, luulen että tämä järjestely on parasta mitä minulle on tapahtunut. Kiitos pojat ja anteeksi että en kuunnellut, Asikainen, sinun vetoomuksia, ex pääjohtaja valitteli.

Miehet kättelivät ja Asikainen ja Rytkönen katselivat kuinka mies häipyi metsään pienen sotilaskentän laidassa. Heidän pitäisi pikaisesti jatkaa ettei lennonjohto alkaisi huolestumaan. He korkkasivat tyytyväisinä sampanjapullon. Suunnitelma alkoi antaa tulosta. Asikaisen ja kuuden muun kauppiaan menetykset oli jo korvattu korkojen kera.

Kukaan muu ei ilmoittautunut enää halukkaaksi tulemaan ulos, joten he odottivat kuukauden. He ottivat selvää kuinka tällainen eristäminen vaikuttaisi ihmismieleen. Asikainen totesi kuivasti etteivät he ainakaan menettäisi kaikkia säästöjään samalla kun he tekisivät 14 tunnin työpäiviä, mikä ei edes se riittänyt. Porukkahan oli täysin vapaalla ja tiesivät ettei heitä kynittäisi aivan varattomiksi, mitä he olivat tehneet kauppiaille. Kauppiaiden oli lisäksi painittava epäonnistumisen tunteen kanssa, itsesyytösten kanssa, häpeän kanssa.

Kuukauden kuluttua he menivät paikalle psykologin kanssa. Tällä kertaa tunnelma oli vaisu. Koko monikansallisen yrityksen johtaja tuli vastaan ja sanoi.

- Olemme äänestäneet ja tehneet ryhmäpäätöksen. Suostumme ehtoihinne varauksettomasti.

He toistivat rituaalin johtoryhmän kanssa. Rytkönen ja Asikainen tilasivat vain eturuoan mutta muu porukka otti kerralla lämpimän pääruoan. He halusivat kunnon ruokaa, jota olisi paljon ja maistuisi hyvältä. Kyllähän se oli ymmärrettävää niin pitkän eristyksen jälkeen. Johtoryhmä ei ollut juonut alkoholia pitkään aikaan ja ruokavalio oli ollut niukka joten alkoholi alkoi tehdä tehtävänsä. Joku johtajista alkoi jo uhitella poliisin puheille menemisellä. Rytkönen kävi vielä kerran läpi heidän vaihtoehdot ja viinahuurut kaikkisivat nopeasti. Kaikilla kävi mielessä se vaihtoehto että Asikainen tai Rytkönen menehtyisi onnettomuudessa mutta heidät likvidoisaisiin joka tapauksessa. Se oli armoton uhka. Ruokailun jälkeen he kirjoittivat alle sopimukset ja lähtivät takseilla lentokentälle. Koko ryhmä mahtui koneeseen mutta yhtään paikkaa ei jäänyt vapaakai. Rytkönen kävi jälleen läpi kaiken ja jakoi varmuuden vuoksi lyhyet ohjeet kaikkea varten, kuten lupauksen siitä että lähisukulaisen sairastuessa he saisivat ilmoituksen siitä ja luvan tulla käymään kotona.

- Ei saatana ole kellään maahanmuuttajalla tuollaista klausuulia. Te olette onnenpoikia, Asikainen totesi vähän katkerasti.

Hän olisi mielellään puhdistanut näitten ihmisten tilit, aivan kuin hänelle oli tehty. Onneksi hänen itsetuntonsa oli kohentunut niin paljon, että hän jaksoi ponnistaa itsensä irti negatiivisista ajatuksista. Hänhän oli löytänyt Leenan ja oli jo aloittelemassa omaa toimintaa ja Rytkösen työt olivat mielenkiintoisia. Hän oppi jotain uutta joka päivä. Jos hänta olisi kohdeltu hyvin, niin hän möisi vieläkin suklaapatukoita ja olisi varmasti aika kyllästynyt hommiin. Oikeastaan katastrofi oli ollut onnenpotku, uuden alku monella eri tavalla. Hänen alkoholinkäyttönsä oli myös muuttunut hyvään suuntaan, kohtuulliseksi.

He jättivät ryhmän saman pienen sotilaslento-kentän laitaan. He jakoivat reput suklaa-patukoineen ja lähtivät paluumatkalle.

- Mitä luulet Matti, pitääkö nyt loppuelämä vil-kuilla olan yli ja olla huolissaan, Asikainen kysyi.

- Kuule Alpo, ei tarvitse. Ei se porukka ole tyhmää tai väkivaltaista oikeasti. Kyllä ne ymmärtää mil-loin ei kannata taistella. Ei ne lähde häviämään ja nyt ne on saatu pelattua, tai pelasivat itsensä ti-lanteeseen, jossa heidän täytyy taipua. Sitten on toinen asia mikä on hyvä pitää mielessä, Rytkönen hymyili leveästi.

- Mikä se on, Asikainen kysyi.

- Joo se on se ettei elämästä selviä hengissä, Ryt-könen hekotteli.

Sinä yönä miehillä oli pitkällinen istunto Helsingin kapakoissa. He olivat mielestään ansainneet sen. Rytkönen päätti seuraavana päivänä kertoa Lee-nalle että halusi muuttaa tämän asuntoon. Hän-hän ei missään nimessä ollut halunnut tehdä niin aikaisemmin. Se tuntui nyt oikealta ratkaisulta. Ei hänen iässään kannattanut odotella turhia. Hänen aikaisempi tunteettomuus oli johtunut vain uupumuksesta ja stressistä. Nyt hän oli valmis uusiin koitoksiin. Hän osti kukkia, juustoja ja viiniä ja asteli varmoin askelin Leenan asuntoa kohti.

Kun hän soitti ovikelloa hän ajatteli että perkele kun jännittää.